I0743537

ÉTAT D'ESPRIT

MISTER NOVEMBRE

J. KENNER

AUTEURE DE BEST-SELLERS CLASSÉS AU NEW YORK TIMES

DU MÊME AUTEUR

———

Délivre-moi

Possède-moi

Aime-moi

Comble-moi

Prends-moi

Joue mon jeu

Sur tes lèvres

Sur ta peau

À tes pieds

Séduis-moi

Surprends-moi

Retiens-moi

Tout contre toi

Tout pour toi

Protège-moi

Damien

———

Apprivoise-moi

Tente-moi

———

Te désirer

T'enflammer

T'envoûter

En mille éclats

Dans ton ombre (prequelle)

En mémoire de nous

En demi-teinte

En haute voltige

En ton nom

En plein cœur

———

Droit au cœur - Mister Janvier

Vague à l'âme - Mister Février

Raison d'être - Mister Mars

Coup de sang - Mister Avril

État d'âme - Mister Mai

Droit au but - Mister Juin

Au beau fixe - Mister Juillet

Diable au corps - Mister Août

Cri du cœur - Mister Septembre

Corps à corps - Mister Octobre

État d'esprit - Mister Novembre

Force d'âme... - Mister Décembre

———

Mon Ange Déchu

Mon Doux Péché

Ma Cruelle Rédemption

———

*Qui sera votre **Homme du mois** ?*

Lorsqu'un groupe d'amis à la détermination farouche apprend que son bar préféré risque de fermer ses portes, ils prennent les choses en mains pour faire revenir les clients séduits par la concurrence. Investis d'une énergie vibrante, ils ripostent sous la forme d'épaules larges, de tablettes de chocolat et de torses nus : ceux d'une douzaine d'hommes du coin qu'ils tentent de convaincre, par la douceur et par la force, de participer au concours de l'Homme du mois pour leur grand calendrier.

Mais le sort de leur bar n'est pas le seul enjeu. Au fur et à mesure que la température monte, chacun des hommes va rencontrer sa moitié dans cette série de douze romances sexy et légères que vous ne pourrez pas lâcher jusqu'à la dernière page, sous la plume de J. Kenner, auteure de best-sellers classés par le New York Times.

— Chacun de ces tomes aborde une intrigue qu'on adore retrouver dans les romances – la belle et la bête, le bad boy milliardaire, l'amitié transformée en amour, l'histoire de la seconde chance, le bébé secret et bien plus encore – pour une série qui touche au cœur et à l'âme de la romance. — Carly Phillips, auteure de best-sellers classés par le New York Times

———

Ne manquez aucun tome de la série pour savoir à quel homme du mois ira votre préférence !

Droit au cœur - Mister Janvier

Vague à l'âme - Mister Février

Raison d'être - Mister Mars

Coup de sang - Mister Avril

État d'âme - Mister Mai

Droit au but - Mister Juin

Au beau fixe - Mister Juillet

Diable au corps - Mister Août

Cri du cœur - Mister Septembre

Corps à corps - Mister Octobre

État d'esprit - Mister Novembre

Force d'âme... - Mister Décembre

Chaque tome de la série est un roman indépendant qui ne laisse pas le lecteur sur sa faim et se termine toujours bien !

ÉTAT D'ESPRIT

MISTER NOVEMBRE

J. KENNER

AUTEURE DE BEST-SELLERS CLASSÉS AU NEW YORK TIMES

Traduit de l'anglais par Esther Dujolier pour Valentin Translation

ISBN (Digital): 978-1-949925-83-8

ISBN (Print): 978-1-949925-84-5

Publié par Martini & Olive Books

V-2020-10-28-P

CHAPITRE UN

— VOUS POUVEZ RÉPÉTER ?

Griffin Draper n'était pas certain de bien avoir entendu ce que venait de lui dire Matthew Holt, le producteur qu'il avait démarché pour son film.

Venait-il réellement de lui dire qu'il lui achetait son scénario ? L'histoire qu'il avait mis tant de mois à écrire allait-elle enfin être portée à l'écran ?

Abasourdi, Griff se laissa tomber sur le canapé en cuir de la salle de conférence de *Bender, Twain & McGuire*, où une réunion avait été organisée entre lui, Beverly Martin, Evie Morrison, et Holt.

Beverly, son actrice principale à la beauté hypnotique, s'installa à côté de lui, ses jambes touchant presque les siennes. Il se força à ne pas s'éloigner d'elle, se convainquant que la sensation étrange qu'il ressentait dans son ventre était due à la nouvelle que Holt venait de lui annoncer, et non à sa proximité avec elle. Bien sûr, il était attiré par elle – quel homme ne l'était pas ? – mais, comme il n'y avait rien entre eux et qu'il n'y aurait jamais rien, pourquoi se sentait-il nerveux ?

Petit à petit, ils avaient fini par devenir amis. Il sentait que Beverly essayait d'aller plus loin, mais, bien qu'il ait été attiré par elle dès le premier instant où il la vit, lorsqu'elle s'était assise à côté de lui, au *Fix*, il y avait environ cinq mois, il gardait ses distances. Il savait qu'il ne pourrait jamais être avec elle. Jamais.

C'était l'histoire de sa vie...

Au moins, le drame qu'il avait vécu lui avait inspiré un excellent scénario. Et cette pensée le ramena dans le présent et à Matthew – le célèbre producteur hollywoodien réputé pour son sérieux et sa franchise – qui se tenait maintenant face à lui, et le regardait avec un large sourire.

— Vous êtes déjà en train d'imaginer le soir de la première sur le tapis rouge ? lui dit-il en riant pour le tirer de sa rêverie.

— Vous devez me trouver ridicule ! rétorqua Griff, gêné. Mais, sérieusement. J'ai besoin que vous me répétiez ce que vous m'avez dit...

À côté de lui, Beverly croisa ses jambes, mais resta silencieuse.

— Vous m'avez parfaitement entendu, cow-boy ! lui dit Matthew, avec la même expression joyeuse. Votre scénario est excellent ! Les studios Apex sont déjà réservés. Si tout se passe comme prévu, le tournage débutera à Vancouver au printemps. Et *Justice cachée* devrait sortir en salle l'été de l'année prochaine.

— Je ne peux pas…

Griff s'interrompit, incapable de terminer sa phrase. Il n'arrivait même plus à parler.

— Félicitations, Griff ! lui dit Evie Morrison, son avocate, avec une joie non dissimulée.

Elle n'avait pas dit grand-chose, même si la réunion avait été organisée dans les bureaux d'Austin du cabinet d'avocats basé à Los Angeles pour lequel elle travaillait.

— Je rentre à Los Angeles demain, et je réviserai le contrat avec Van dès mon arrivée, ajouta-t-elle, faisant référence au manager de Griff. Nous y sommes, enfin !

À côté de lui, Beverly affichait son sourire solaire et doux qui était désormais célèbre dans toute l'Amérique.

— Félicitations, Griff, lui dit-elle à son tour. Non pas que je sois surprise ; j'ai toujours su que ton scénario était formidable !

Originaire d'Austin, où elle vivait toujours lorsque son travail ne l'obligeait pas à voyager, Beverly Martin avait récemment joué dans un drame décalé du cinéma indépendant, qui avait connu un grand succès auprès du public. *Suburban Love Song* avait remporté toutes sortes de récompenses, et Beverly s'était retrouvée, du jour au lendemain, sous le feu des projecteurs.

D'après ce que Griffin avait vu d'elle, elle méritait les éloges que les journaux spécialisés faisaient d'elle. Sérieuse et judicieuse dans ses choix, Beverly n'avait tourné que dans un seul film au cours de l'année dernière – un thriller intelligent et rythmé qui devait sortir dans environ une semaine. Avant d'accepter le rôle, elle avait demandé à Griffin de lire le scénario, et c'était lui qui l'avait encouragée à accepter.

— Qui sera le réalisateur ? demanda-t-elle à Holt.

— Christopher Deaver. Il m'a presque supplié !

— Vraiment ? s'étonna Griffin. C'est lui qui a réalisé *Crypto*, qui doit sortir la semaine prochaine, non ? demanda-t-il à Beverly, qui le regardait avec un sourire immense.

— C'est ça ! confirma-t-elle.

Elle avait l'air très heureuse de cette nouvelle et Griff ne peut s'empêcher de ressentir une pointe de jalousie. Il n'avait jamais rencontré Deaver et il l'imaginait déjà mille fois plus beau que lui – en tout cas, sans cicatrices.

— C'est une très bonne nouvelle ! s'enthousiasma-t-elle. Il a un véritable talent pour le rythme et le suspense. Nous ne pouvions pas rêver d'un meilleur réalisateur pour un projet comme celui-ci, dit-elle en prenant la main droite de Griff dans la sienne, avec désinvolture.

Griff lutta contre l'envie de retirer sa main, mais il se souvint qu'elle ne pouvait pas sentir ses cicatrices. Comme d'habitude, il portait son large sweat à capuche trop grand pour lui, dont les manches lui recouvraient les mains. Il était impossible que Beverly se rende compte que son petit doigt était tout tordu et ne ressemblait plus à grand-chose…

Pourtant, il changea de position et en profita pour retirer sa main, faisant mine de s'étirer dans ce qu'il espérait être un geste nonchalant. Mais, aussitôt, Beverly posa sa main sur ses genoux. Il tourna légèrement la tête vers elle, mais elle continuait de faire comme si de rien n'était – décidément, elle était une excellente actrice !

En réalité, Griff mourait d'envie de lui tenir la main, de partager avec elle ce qui était un moment incroyable – *leur* moment. Car, il le savait, rien de tout cela n'aurait pu avoir lieu si elle n'avait pas accepté de jouer le rôle principal. Beverly était *bankable*, comme on disait dans le milieu, et son nom était pour beaucoup dans la décision du producteur.

Mais, depuis son accident, Griff évitait tout contact physique. Il ne serrait jamais la main, ni ne prenait les autres dans ses bras. Sa seule obsession était de cacher son visage et les parties de son corps sur lesquelles il y avait des cicatrices.

Il ne faisait une exception que pour Kelsey. Ce n'était pas parce qu'elle était sa sœur, mais parce qu'elle portait à peu près les mêmes cicatrices que lui – sauf que les siennes ne se voyaient pas à l'œil nu. C'était elle qui avait été chargée de le garder, le soir de l'accident, mais elle était sortie, lui faisant promettre d'être sage et de ne rien dire à leurs parents. Il faut dire qu'il avait alors presque treize ans, et était donc assez grand pour rester seul à la maison. Mais il était aussi assez stupide pour croire qu'il savait tout. Dès que sa sœur fut partie, il avait voulu faire griller de la guimauve sur le barbecue pour se préparer un s'more. Aujourd'hui, il ne pouvait plus regarder ces biscuits-sandwichs sans avoir envie de vomir.

La dernière chose dont il se souvenait était qu'il avait utilisé de l'essence, qu'il avait trouvée dans le garage, car il n'était pas arrivé à allumer le barbecue.

Il s'était ensuite réveillé dans un hôpital, quelques jours plus tard, et on lui avait annoncé que tout son côté droit était brûlé au quatrième degré. La douleur était si vive qu'aucun traitement n'avait réussi à l'apaiser.

C'était sa faute. *Uniquement* sa faute. Mais Kelsey s'était sentie coupable, et elle portait en elle des cicatrices aussi douloureuses que les siennes.

— Je savais que tu serais contente que ce soit Deaver, déclara Holt à l'attention de Beverly. Je dois te dire qu'il a été très heureux d'apprendre que tu avais le rôle princi-pal. C'est toujours le cas, n'est-ce pas ? lui demanda-t-il, les sourcils froncés.

— Évidemment ! s'exclama-t-elle. Tu me connais ! J'ai pris le bras de Griff et lui ai pratiquement tordu pour qu'il me donne le rôle d'Angélique, plaisanta-t-elle.

— Tu n'avais pas besoin de me tordre le bras, intervint Griff, se souvenant avec amusement de leur première rencontre.

— Qu'est-il arrivé ? demanda Evie.

— Disons que je me suis ridiculisée, comme d'habitude, répondit Beverly. C'était il y a quelques mois, au printemps. Mon agent m'a appelée pour me parler de ce scénario incroyable qu'elle n'était pas censée avoir, mais qu'elle avait réussi à se procurer. Désolée pour ça, d'ailleurs, dit-elle en aparté à Griff.

— Aucun problème, répondit-il. Tu connais Evelyn Dodge, l'amie de Van ? demanda-t-il à Evie, qui acquiesça. Eh bien, Evelyn est l'agent de Beverly...

— Van était tellement enthousiasmé par le scénario, continua Beverly, qu'il l'a donné à Evelyn, sans demander l'autorisation à Griffin.

— Evelyn a aimé, elle aussi, poursuivit Griffin, et elle a pensé que Beverly serait parfaite pour le rôle d'Angélique. Elle lui a alors fait passer le scénario. Heureusement qu'elle ne m'en avait pas parlé avant, car j'aurais complètement paniqué et lui aurais dit de ne pas le faire tant que le scénario n'était pas parfait...

— Mais il était déjà parfait ! lui dit Beverly en lui donnant une petite tape amicale sur la jambe. J'ai immédiatement adoré ! Figurez-vous que, quand Evelyn me l'a donné, j'ai décidé d'y jeter un coup d'œil en remontant dans ma voiture, comme ça, pour voir... J'ai tellement accroché que je l'ai lu d'une traite, devant chez Evelyn. Dès que je l'ai refermé, je n'ai eu qu'à descendre de ma voiture pour aller sonner chez Evelyn. Quand elle m'a ouvert, j'étais hystérique ! Et je lui ai dit que j'étais prête à tout pour obtenir le rôle.

— Elle savait que tu avais lu le scénario devant chez elle ? demanda Evie en riant.

— Absolument pas. Elle m'avait prise à part lors d'un petit cocktail qu'elle organisait. Au moment où je suis retournée à sa porte, tout le monde était parti et elle était déjà en train de dormir. Je l'ai réveillée et elle m'a reçue en pyjama. Elle m'a fait un thé, et c'est là que nous avons monté ce stratagème...

— Un stratagème ? s'étonna Griffin.

— Tu sais que je voulais à tout prix te rencontrer, lui expliqua Beverly. J'avais prévu de rester tout l'été à Los Angeles, mais je suis revenue à Austin parce qu'on m'a dit que tu étais souvent dans ce bar, le *Fix*.

— Mais pourquoi tu voulais rester à Los Angeles ? lui demanda Griffin.

— Oh, comme ça, sans raison particulière, minimisat-elle. Enfin si, une amie partait tourner à Londres et m'avait proposé de me prêter sa maison. Et puis Chris m'avait dit qu'il m'apprendrait à naviguer. Mais, après avoir lu ton scénario, j'ai tout de suite eu envie de rentrer !

— Chris…, répéta Griffin. Tu veux dire Deaver, le réalisateur ?

— Oui, c'est ça, acquiesça-t-elle. Nous sommes devenus assez proches pendant le tournage. Comme je te l'ai dit, c'est un mec génial, je suis sûre que tu vas beaucoup l'aimer.

Griffin chassa son sentiment de jalousie et prit une profonde inspiration.

— Donc, si je comprends bien, au lieu de rester à Los Angeles avec lui, tu es revenue à Austin pour moi ? demanda-t-il, regrettant aussitôt d'avoir ainsi laissé transparaître la satisfaction que cela lui procurait.

Heureusement, Beverly ne sembla pas relever. Seul Holt le regarda avec un air amusé.

— Exactement ! confirma-t-elle avec enthousiasme, avant de s'adresser à nouveau à Evie. Il s'avère que le studio qui a produit *Suburban Love Story* produit également la websérie de Griff. Et il est basé à Austin…

Cela faisait environ deux ans que Griffin s'était installé à Austin, en partie pour s'éloigner de la frénésie de Los Angeles, mais également pour quitter ce monde d'apparences. Il s'était fait un nom en tant que doubleur, mais cela ne lui épargnait pas les réunions et les apparitions publiques ; c'était cela Los Angeles : il fallait être vu. Or, s'il adorait son travail, il avait décidé de s'en éloigner et de s'enfermer pour écrire sa propre série et enregistrer lui-même les épisodes. Lorsqu'une société de production d'Austin lui avait proposé de le produire, il avait saisi l'occasion de s'installer dans cette petite ville du Texas, plus calme et authentique.

Il avait bien fait. Sa websérie connaissait un énorme succès. Jamais il n'avait pensé qu'une série diffusée sur Internet aurait pu lui rapporter autant d'argent... Et puis, cela lui avait permis de découvrir qu'il adorait le travail d'écriture, et c'est à ce moment-là qu'il avait commencé à se concentrer sur *Justice cachée*, un scénario qu'il avait presque entièrement imaginé au *Fix*, où il aimait aller travailler.

— Je me suis souvent demandé comment tu avais fait pour me trouver au *Fix*, dit-il à Beverly.

— Je l'ai traqué ! répondit-elle en faisant un clin d'œil à Evie. Et j'ai fini par l'aborder au bar. Il est tellement gentleman, que c'est même lui qui m'a offert un verre !

— Je fais ça pour toutes les jolies femmes qui me disent qu'elles aiment mon scénario, plaisanta-t-il.

Évidemment, ce n'était pas vrai. Griff n'avait jamais invité la moindre femme, évitant toute situation susceptible de le mener sur des chemins qu'il s'interdisait de parcourir. Il ne savait pas ce qui lui avait pris, ce soir-là, lorsqu'il avait fait signe à Cam de lui apporter un verre de vin. Avait-il simplement été flatté qu'elle aime son scénario ? Ou avait-il espéré quelque chose de plus ?

— J'ai vraiment été gonflée ! continua Beverly, inconsciente des pensées de Griff. Je lui ai dit que son scénario était génial. Et, après quelques verres, je lui ai carrément dit *qu'il* était génial ! Je l'ai alors supplié de me donner le rôle, et que s'il refusait, j'irai me jeter sous un train !

— Évidemment, je ne l'ai pas crue, dit Griff. Mais je ne voulais pas prendre le risque... Alors j'ai dit oui. De toute façon, Beverly collait parfaitement au personnage.

— J'adore cette histoire ! déclara Evie. Et c'est là que vous avez décidé de commencer à travailler ensemble sur le script ?

— Pas du tout ! répondit Beverly. Griffin n'avait absolument pas besoin de mon aide. Je me suis juste contentée de lui donner un peu mon point de vue d'actrice, et de l'encourager.

— Elle est modeste, dit Griffin. Mais, en réalité, Beverly a été d'une grande aide. Je ne m'y attendais pas, mais nous formons une bonne équipe !

— C'est vrai, confirma Beverly en le regardant d'un air tendre.

Griffin sentit à nouveau cette sensation dans son ventre. Cette étincelle dans son âme. Il savait qu'il devait l'ignorer, qu'il ne pouvait y avoir que de l'amitié entre eux. Mais il ne pouvait s'empêcher de repenser à tous les bons moments qu'ils avaient passés ensemble, aux fous rires qu'ils avaient pris, à la manière passionnée avec laquelle elle lui faisait part de ses suggestions, et aux pics qu'ils se lançaient mutuellement pour se taquiner. Mais chacun de ces souvenirs avait une saveur douce-amère, car ils ne faisaient que provoquer en lui une envie qu'il ne pouvait pas satisfaire. Un désir qui ne se réaliserait jamais.

Il en était même venu à espérer que le scénario soit rapidement terminé, car chaque fois qu'elle venait le voir pour discuter des personnages, il se sentait bouleversé. Au moins, se rassurait-il dans ces moments-là, le travail les empêchait de s'épancher sur leur vie et leurs envies. Ils n'avaient pas vraiment le temps de se rapprocher.

Pour Griffin, cela était une bonne chose. Il avait besoin de garder ses distances, d'autant que son désir pour Beverly, qu'il savait ne jamais pouvoir assouvir, le faisait de plus en plus souffrir. Il fut donc extrêmement soulagé lorsque le scénario fut enfin terminé, lui donnant l'occasion de s'éloigner de Beverly, au moins le temps de reprendre ses esprits et de retrouver un peu de calme intérieur.

— Donc il ne nous reste plus qu'à attendre ? demanda Griff à Holt. Le temps de recruter les autres acteurs... ?

— Oui et non, répondit Holt. Ils sont en effet en train de faire passer les castings. Mais ils veulent que le rôle d'Angélique soit renforcé, et ils ont demandé que Bev participe aux révisions. Ils adorent le scénario, attention ! Mais ils veulent que ce film soit un succès.

Il leur lança un large sourire.

— En d'autres termes, reprit-il, ce projet a le potentiel de vous propulser tous les deux au niveau supérieur...

Griffin et Beverly se regardèrent avec un mélange d'étonnement et de joie contenue.

— Je vais organiser une réunion téléphonique pour demain, mais je sais d'ores et déjà qu'ils vont me demander les révisions pour dans une semaine. Peut-être dix jours...

— Aucun problème ! s'exclama Beverly. Je suis même prête à m'installer chez Griff, s'il le faut.

— Euh..., fit Griff en fronçant les sourcils. Je ne pense pas que...

— Très bien ! l'interrompit Holt. J'appellerai Donovan à Apex, tout à l'heure, et lui dirai à quel point vous êtes enthousiastes !

— Ce ne sera pas exagéré ! lui dit Griff, tandis que Beverly prit sa main dans la sienne en le regardant d'un air victorieux.

Mal à l'aise, Griff se leva, retirant sa main de celle de Beverly.

— Peut-être que nous pourrions revoir le scénario ensemble et décomposer les scènes d'Angélique ? lui proposa-t-elle en se levant à son tour.

— Oui ! Parfait ! Mais tu dois être au *Fix* dans seulement quelques heures...

C'était en effet l'élection de Mister Octobre, ce soir-là. Depuis quelques mois, le *Fix* organisait des concours de beauté masculins pour attirer davantage de monde. L'opération avait fonctionné à merveille, et les femmes d'Austin s'arrachaient les billets de la soirée. Pour Griff, l'attrait de ces soirées était surtout Beverly, qui était chargée de les animer. Depuis qu'il savait qu'elle était revenue à Austin pour le rencontrer, il se demandait si elle avait accepté la proposition du *Fix* uniquement dans le but de pouvoir l'approcher ?

Cette possibilité lui plaisait plus qu'elle ne l'aurait dû...

Ce soir-là, Griffin avait une autre raison que Beverly d'aller assister à la soirée. Son coach sportif personnel, Matthew Herrington, concourrait à l'élection de Mister Octobre. Et puis, surtout, après l'élection, le *Fix* avait prévu de diffuser le premier épisode de la série *Réno Boutique* sur leurs téléviseurs géants. Il s'agissait d'une émission de téléréalité immobilière, et une saison avait été consacrée à la rénovation du *Fix*, et à l'organisation du concours de beauté qui y avait lieu deux fois par semaine. Griff était devenu très proche des propriétaires, du personnel et des habitués, et il n'avait pas l'intention de rater cette soirée.

— Megan m'a dit qu'elle me maquillerait directement là-bas, l'informa Beverly. Je suis donc libre jusqu'à dix-huit heures, ce qui nous laisse pas mal de temps pour travailler ! Je te retrouve chez toi ?

Griff n'avait plus d'excuses.

— Okay ! Accorde-moi juste une heure, le temps de faire un brin de ménage.

En fait, il avait besoin de temps pour se préparer mentalement à être près d'elle, à sentir son souffle dans son cou lorsqu'elle se pencherait sur lui pour regarder son écran d'ordinateur. Il se dit d'ailleurs qu'il devrait investir dans un deuxième ordinateur…

— Nous avons réussi ! lui dit-elle doucement en le prenant par les épaules. *Tu* as réussi !

C'était vrai. Mais Griff savait aussi qu'il restait encore un long chemin à parcourir. Un long chemin le long duquel il allait devoir côtoyer Beverly de près.

Cela s'annonçait périlleux.

CHAPITRE DEUX

BEVERLY GARA sa Coccinelle Volkswagen jaune devant la maison ossature bois de Griffin, dans le quartier d'East Austin. Elle avait senti que devoir retravailler son scénario n'avait pas tout à fait plu à Griffin, mais elle était enthousiaste à l'idée de pouvoir l'aider. Elle était déterminée à faire en sorte que le scénario soit si parfait que même le directeur de studio le plus blasé ne puisse le refuser ; elle était prête à passer autant d'heures qu'il le faudrait pour cela.

Mais, en réalité, le film n'était qu'un prétexte. La véritable raison de son enthousiasme était à la fois plus simple et plus compliquée – c'était Griffin. Elle se réjouissait de pouvoir passer du temps seule avec lui, mais elle savait aussi que leur relation était tout sauf simple.

Malgré tout, elle se sentait légère et heureuse. D'autant plus qu'elle se sentait particulièrement bien dans l'environnement de Griffin. Il avait rénové une maison traditionnelle de la ville dans un style à la fois moderne et accueillant. Le balcon couvert, bordé par une balustrade en bois, était aménagé avec des pots de fleurs colorés et deux fauteuils à bascule en bois bleu vif, de chaque côté d'une table en mosaïque carrelée.

Un grand lilas d'été planté à côté du patio apportait à la fois de l'ombre et de la couleur, tandis que l'un des piliers du porche était recouvert d'une vigne grimpante qui apportait un véritable vent de fraîcheur à la structure.

Beverly était venue ici des dizaines de fois au cours des derniers mois, et chaque fois qu'elle montait ces marches, elle ne pouvait s'empêcher de penser à quel point Griff et sa maison se ressemblaient. L'un et l'autre étaient des survivants. Griff lui avait dit que lorsqu'il l'avait achetée, deux ans auparavant, ce n'était qu'une épave, abîmée par des locataires qui passaient leur temps à fabriquer de la méthamphétamine dans le garage, et à la consommer à l'intérieur de la maison. Ils avaient laissé l'endroit se détériorer au point que, lorsqu'ils avaient été arrêtés, le propriétaire avait décidé de vendre. Les candidats à l'achat avaient été peu nombreux, mais Griff avait tout de suite vu le potentiel de la maison, et il l'avait aussitôt achetée. Il l'avait alors rénovée en respectant sa personnalité et en avait fait un joyau de charme et de caractère.

— Tu as fait appel à un architecte ? lui avait-elle demandé.

Elle avait récemment acheté une maison du même type, datant des années 50, au bord du lac, et envisageait des rénovations.

— J'ai presque tout fait moi-même, lui avait-il répondu.

— Incroyable ! Tu as de l'or dans les mains ! s'était-elle alors extasiée.

— Il suffit d'avoir de la patience, lui avait-il expliqué. Et une idée claire de ce que tu veux. Quand j'étais jeune, j'étais passionné par la rénovation de vieilles voitures. Honnêtement, j'ai trouvé la rénovation de cette maison plus facile...

Beverly était impressionnée par sa patience et par l'attention qu'il accordait aux détails. C'était d'ailleurs pour cela que son scénario était si bon : il ne se contentait pas d'écrire des lignes de dialogues, mais prenait soin de donner du relief au texte. Tout comme il l'avait fait pour sa maison, il avait su respecter la personnalité de chaque personnage, pour le rendre vivant et crédible. Sa minutie transparaissait dans tout ce qu'il faisait : son scénario, sa maison, et la décoration de son patio – lequel baignait

dans une harmonie de couleurs et de plantes sélection-
nées et associées avec soin.

Et, en plus de tout cela, Griff trouvait le temps de
travailler sur une Mustang qu'il reconstruisait, et de faire
quotidiennement du sport. C'était Matthew Herrington
– un habitué du Fix et l'un des participants à l'élection
de l'homme du mois qui devait avoir lieu le soir même –
qui le lui avait dit. Matthew était le coach sportif de Griffin, et avait vanté auprès de Beverly, lors d'une soirée au
Fix, les mérites et les compétences de son élève
scénariste.

Cette volonté, dans tout ce qu'il faisait, était l'une des
choses que Beverly aimait le plus chez Griffin, et son admi-
ration pour lui n'avait fait que grandir au fur et à mesure
qu'elle avait appris à mieux le connaître. D'ailleurs, peut-
être l'aimait-elle un peu trop désormais ? Car Bev était le
genre de femme à se battre pour obtenir ce qu'elle voulait –
lui, en l'occurrence. Mais elle savait aussi qu'en se
montrant trop insistante, elle risquait de le faire fuir...

— Courage, Bev ! murmura-t-elle pour elle-même, en
plantant l'ongle de son index dans son pouce – une habitude qu'elle avait prise pour se donner du courage et que
lui avait donnée son premier agent après qu'elle eut raté,
lorsqu'elle était toute jeune actrice, cinq castings
d'affilée.

— Quand tu sens que tu te mets à trembler comme

une feuille, lui avait-il dit, plante ton ongle dans ton pouce, comme ça... Ça va te donner de l'énergie.

Elle ne savait pas s'il s'agissait d'un truc de médecine traditionnelle, d'acupuncture, ou simplement d'une astuce mentale – mais peu lui importait. Depuis que cette méthode lui avait permis de décrocher son premier rôle dans une publicité pour un concessionnaire d'Austin, elle l'appliquait chaque fois qu'elle se sentait nerveuse.

Elle sonna donc à la porte, et se redressa légèrement, souhaitant être à son avantage lorsque Griff ouvrirait la porte. Alors qu'elle attendait qu'il vienne ouvrir, elle laissa son esprit revenir à la première fois où elle l'avait remarqué. À ce moment-là, la voix de Griff était célèbre à Hollywood, notamment grâce à son podcast. Après avoir lu son scénario, Beverly avait voulu apprendre tout ce qu'elle pouvait sur l'homme qui avait su l'absorber à ce point. Or, Evelyn, son agent, connaissait des personnes proches de Griffin, notamment son beau-frère, Wyatt Segel – c'est lui qui avait donné à Bev plus d'informations sur Griffin.

Lorsqu'elle avait appris qu'il avait été grièvement brûlé dans son enfance, elle n'avait pu retenir ses larmes, touchée d'apprendre les nombreuses séquelles que l'accident lui avait laissées. Ainsi, au fur et à mesure qu'elle avait appris à le connaître, elle avait ressenti le besoin de le guérir. Puis, ce désir s'était petit à petit transformé en amour. Elle avait été fascinée par l'homme – par sa persévérance et le soin qu'il mettait dans chaque chose. Et puis, elle devait l'avouer, elle était également très attirée physiquement par lui. Elle savait qu'il ne le croirait jamais si elle le lui disait, mais elle le trouvait particulièrement sensuel. C'était quelque chose dans son regard. Ses yeux, bruns et dorés, renvoyaient une douce chaleur. Et ses sourcils épais lui donnaient un air vif et incroyablement viril. Quant à sa bouche... elle était parfaite. Large, dessinée, avec des lèvres charnues.

Parfois, il posait sa main gauche – celle qui n'était pas endommagée – sur elle, et ce simple contact suffisait à la faire frissonner. Il semblait ne pas remarquer l'effet qu'il exerçait sur elle ; elle se demandait comment cela était possible, car elle avait pourtant l'impression d'être incapable de dissimuler son trouble lorsqu'elle sentait ses doigts sur elle.

Avec les autres hommes, elle avait toujours su comment faire pour attirer leur attention et obtenir ce qu'elle voulait. Mais, avec Griffin, c'était différent. *Il* était différent, et elle se sentait totalement désarmée et désemparée.

Pourtant, elle avait la vague impression que lui aussi était attiré par elle. Mais, même s'il l'était, qu'est-ce que cela changeait ? Il ne pouvait rien y avoir entre eux tant qu'il refuserait de lui révéler son côté gauche. Et elle souhaitait plus que tout qu'il finisse par lui faire suffisamment confiance pour cela. Car, elle se sentait incapable de l'oublier et d'être attirée par un autre. C'était à peine si elle réussissait à lui cacher l'amour qu'elle ressentait pour lui.

Heureusement, elle était actrice, et elle faisait en sorte de déguiser ses sentiments en amitié – ce qui semblait avoir fonctionné jusqu'à présent. Mais son métier lui avait également appris à gérer les refus et à ne pas perdre courage. Car, pour réussir dans le cinéma, il ne fallait jamais baisser les bras, et la persévérance était devenue l'une de ses plus grandes qualités.

Tout à coup, elle réalisa que Griffin aurait déjà dû lui ouvrir. La maison n'était pas grande, et il ouvrait généralement la porte rapidement...

Elle sonna à nouveau.

Dix secondes s'écoulèrent, puis trente. Toujours rien.

Elle commença à s'inquiéter. Il savait qu'elle devait venir – il lui avait même demandé de lui laisser un peu de temps.

Elle décida de lui envoyer un message.

Coucou ! J'ai l'impression que je suis arrivée la première ! Où es-tu ?

Après tout, peut-être était-il allé chercher un café au Starbucks – ni lui ni elle ne pouvait travailler sans café. Ou peut-être avait-il eu un problème de voiture en rentrant chez lui ?

Mais cinq minutes plus tard, elle n'avait aucune

réponse, et Griff n'était toujours pas apparu. À l'inquiétude vint s'ajouter un soupçon d'irritation : ils devaient
travailler et il savait qu'elle avait d'autres rendez-vous ; il
aurait au moins pu la prendre la peine de la prévenir s'il
avait eu un empêchement.

À tout hasard, elle tenta d'ouvrir la porte. Fermée.

Elle décida alors de l'attendre et, machinalement,
descendit les quelques marches du porche pour regagner
longer le jardin. Elle arriva alors jusqu'au garage, et c'est
là qu'elle finit par le trouver, en train de travailler sur la
Mustang qu'il restaurait – elle aurait dû y penser !

Vêtu d'un jean et d'un t-shirt blanc moulants, il avait
la tête plongée dans le capot. Les muscles de son dos
ondulaient tandis qu'il maniait ses outils, et elle ne put
s'empêcher de ressentir un violent désir pour lui. En s'approchant de lui, elle s'aperçut que, pour une fois, il
portait des manches courtes, ce qui signifiait que son bras
droit était complètement exposé – même s'il était dans
l'ombre, et qu'elle ne voyait pas grand-chose. Elle
constata en revanche que son accident ne semblait pas
lui avoir retiré son agilité et sa force. Elle l'avait souvent
vu taper à l'ordinateur – toujours avec un gant sur sa
main droite –, mais, c'était la première fois qu'elle le
voyait ainsi manier des outils et déployer sa force.

Elle s'approcha plus près, et distingua, pour la
première fois, les cicatrices dont était recouvert son bras
droit. Evelyn lui avait dit que sa guérison avait été plus

longue et difficile que pour d'autres victimes, car plusieurs complications avaient empêché les médecins d'appliquer le protocole habituel. Il avait réussi à récupérer sa capacité de mouvement, mais les cicatrices n'avaient pu être évitées.

— Un jour, il m'a dit qu'il avait pensé couvrir ses cicatrices avec des tatouages, lui avait révélé Evelyn. Mais je crois que ça n'a pas marché. Il a donc dû apprendre à vivre avec sa différence, et, finalement, il n'y arrive pas si mal, avait-elle conclu.

Maintenant qu'elle le connaissait, Beverly était d'accord avec elle. Griff semblait parfaitement s'en sortir — sauf peut-être dans les relations personnelles. À moins qu'elle ne soit mal informée, il lui semblait avoir compris qu'il avait totalement renoncé à sa vie sexuelle, ainsi qu'à toute forme d'intimité avec les femmes.

Pourtant, elle désirait plus que tout être dans ses bras...

Elle resta immobile dans l'allée qui menait au garage, hésitant sur ce qu'elle devait faire. Elle savait qu'il serait en colère s'il la voyait, car il aurait l'impression qu'elle viole son intimité, le forçant à lui révéler une partie de lui qu'il tenait absolument à cacher. Pourtant, elle n'avait aucune envie de repartir. Après tout, c'était sa faute : c'était lui qui avait décidé de venir travailler dans son garage en manches courtes alors qu'il aurait dû être chez lui, prêt à travailler. Et puis, se dit-elle, c'était l'occasion de franchir enfin la barrière qui les séparait.

Mais elle se ressaisit et pensa qu'elle n'avait pas le droit de l'envahir – qu'elle devait respecter sa pudeur. Elle était sur le point de partir, lorsque, tout à coup, Griff fit un bond en arrière, son t-shirt recouvert de noir.

— Merde ! s'exclama-t-il en retirant son t-shirt recouvert d'huile de moteur.

Elle le découvrait enfin. Il était là, devant elle, torse nu, révélant son dos large et musclé. Ses cicatrices formaient une sorte de tatouage ethnique et mystérieux qu'elle trouva presque beau, mais qui lui confirma aussi ce qui lui avait été dit. L'accident avait été grave et ses séquelles étaient sérieuses. Soudain, les souffrances que Griff continuait d'endurer lui apparurent concrètes. Des souffrances psychologiques, mais aussi, par moment, physiques. Elle l'avait souvent vu changer de position, les traits tirés. Elle savait, dans ces moments-là, qu'il avait mal. Ce jour-là, elle en eut la confirmation.

Elle sentit l'émotion lui nouer la gorge, et elle eut envie de passer ses doigts sur ses cicatrices pour l'apaiser, lui donner de la force. Elle ressentit plus que jamais le besoin qu'il la serre contre lui – qu'il enroule ses bras autour d'elle et l'entoure de sa force, sans honte ni peur.

Mais, elle le savait, cela n'arriverait pas.

Elle devait partir. Elle n'avait pas le droit d'être là. Elle était en train de voler une partie de lui-même et s'en voulut pour cela. Poussée par la culpabilité, elle fit un pas en arrière, écrasant le gravier sous son talon.

Aussitôt, Griff se retourna et elle tressaillit, craignant sa réaction.

— Bev ! Qu'est-ce que tu fous ici ? lui demanda-t-il, la surprise laissant instantanément place à la colère.

CHAPITRE TROIS

LE REGARD qu'il posa sur elle lui fit l'effet d'une gifle, et, instinctivement, elle recula, les yeux emplis de larmes.

— Je suis désolée ! balbutia-t-elle. Tu n'étais pas chez toi et je...

— Merde ! s'exclama-t-il à nouveau.

Le mot ne lui était pas adressé, ce qui la rassura — mais, de toute évidence, sa présence le rendait fou de rage.

Les joues rouges, le cœur battant, elle courut en direction de la rue, souhaitant plus que tout se mettre en sécurité dans sa voiture. Une fois à l'intérieur, elle essaya de démarrer le moteur, mais sa main tremblait trop et elle n'arrivait pas à mettre la clé dans le contact. Elle pestait contre elle-même, la vue brouillée par les larmes, lorsqu'elle entendit ses doigts tapoter la vitre.

Beverly se figea, serrant ses clés de toutes ses forces.

Elle ne voulait pas regarder à gauche, craignant de voir à nouveau ce mélange de colère et d'humiliation dans ses yeux.

Elle refoula ses larmes. Ce qui lui faisait le plus mal était de se sentir rejetée par lui. Elle ressentait un vide immense à l'idée qu'il ne la laisserait jamais entrer dans son intimité et partager ses blessures et ses peines. Elle se détestait de lui avoir fait mal alors que tout ce qu'elle désirait était de l'apaiser.

Se forçant à arborer une expression apaisée, elle tourna finalement le visage vers lui.

Il était là, appuyé contre le toit de sa voiture. Il lui fit signe de baisser la vitre et, pour pouvoir le faire, elle dut mettre le contact. Elle pensa un instant démarrer et s'éloigner de lui, mais, finalement, elle appuya sur le bouton qui permettait de baisser la fenêtre côté passager.

Elle prit une profonde inspiration, se préparant à se confondre en excuses.

— Je suis désolé, dit-il, la devançant. Je me suis laissé happer par les réparations sur la voiture et j'ai complètement oublié l'heure...

— Qu'est-ce que tu faisais sur cette voiture ? lui demanda-t-elle, regrettant immédiatement sa question qui n'avait absolument aucun intérêt.

Il haussa une épaule, et elle remarqua que le t-shirt bleu qu'il portait était à l'envers. Il l'avait vraisemblablement attrapé à la hâte dans le sèche-linge qui se trouvait dans le garage.

— Je voulais…

Il s'interrompit et baissa les yeux.

— Peu importe, reprit-il en relevant le regard vers elle. J'aurais dû t'attendre, s'excusa-t-il. Tu veux bien revenir ? Il me semble que nous avons du travail, ajouta-t-il avec un sourire.

Elle le regarda un instant sans bouger. Elle avait envie de lui dire que si, sa réponse lui importait, et qu'elle aurait aimé savoir ce qu'il faisait sur cette voiture – comme elle voulait tout savoir de lui. Car elle l'aimait, et qu'elle se fichait de ses cicatrices. Elle avait envie de le rassurer, et de lui dire qu'elle mourrait d'envie de se rapprocher de lui et qu'il pouvait lui faire confiance.

Mais rien de tout cela ne sortit de sa bouche.

— Bien sûr, finit-elle simplement par répondre.

———

En le suivant jusqu'à chez lui, elle comprit que s'il avait décidé de travailler sur sa Mustang – alors que, de toute évidence, il n'en avait pas le temps – c'était qu'il avait dû vouloir évacuer l'émotion qu'il avait certainement ressentie à l'idée de passer du temps avec elle. Elle le connaissait désormais suffisamment pour savoir que, lorsqu'il se sentait stressé, Griff avait besoin de faire quelque chose de manuel qui l'empêchait de penser.

En revanche, ce qu'elle ne comprenait pas, c'était comment il avait pu perdre la notion du temps. Griff était extrêmement précis, en tout, et cela ne lui ressemblait pas. Jamais elle ne l'avait vu être négligent. Pas même en présence de Megan, qui était devenue l'une de ses meilleures amies et avec laquelle il semblait parfaitement à l'aise.

Megan et lui s'étaient rencontrés au Fix. Megan était alors accompagnée de Reece Walker, qui, à l'époque, était gérant du bar, mais dont il était désormais l'un des copropriétaires. Ce jour-là, l'une des amies de Reece, Jenna Montgomery – qui était secrètement amoureuse de lui – les avait rejoints à l'improviste, si bien que Megan et Griff s'étaient retrouvés seuls et avaient eu le temps de sympathiser jusque tard dans la soirée.

Au moment de partir, Griffin avait proposé à Megan de la raccompagner chez elle, et ils avaient donc fini la soirée en marchant ensemble dans les rues endormies d'Austin. Depuis ce jour-là, Griffin considérait Megan – qui formait depuis un couple heureux avec Parker Manning – comme l'une de ses plus proches amies.

Pourtant, malgré leur amitié, Megan n'avait qu'entra-perçu les cicatrices de Griffin, qui était devenu expert dans l'art de la dissimulation. Cela, Beverly le savait parfaitement, et c'était justement ce qui la surprenait : comment avait-il pu se laisser aller à travailler en manches courtes alors qu'il savait qu'elle devait le rejoindre chez lui ?

Était-ce un test ? Avait-il voulu voir quelle serait sa réaction en voyant ses cicatrices ? Ou peut-être avait-il voulu, inconsciemment, la dégoûter de lui, et mettre ainsi fin à ce rêve – qu'il devait juger inaccessible – d'être un jour dans ses bras ?

Si c'était cela, il était vraiment un imbécile, pensa Beverly.

Il lui ouvrit la porte de chez lui et se retourna pour la laisser passer, détournant immédiatement son regard lorsqu'il rencontra ses yeux. Il aurait pourtant aimé pouvoir affronter son regard ; qu'elle le voie tel qu'il était, comme personne ne le voyait jamais.

— Je te sers un café ? lança-t-il d'un air faussement décontracté. Ou du champagne, peut-être, pour fêter la bonne nouvelle ? Quoique, je n'en ai pas, mais je dois avoir du vin blanc au frais...

— Du vin blanc me semble parfait, répondit Beverly calmement, sentant son anxiété. Je...

Elle s'interrompit.

— Quoi ?

— Non, rien, s'empressa-t-elle de répondre. J'ai même oublié ce que je voulais dire..., ajouta-t-elle avec un sourire nerveux, la poitrine serrée.

Elle sentait qu'elle manquait de souffle et tenta de reprendre sa respiration.

— Okay, alors je reviens tout de suite, dit Griff en quittant la pièce.

Beverly posa sa veste et son sac, et s'installa derrière le large bureau qui occupait la majeure partie du mur du fond de son salon, là où ils avaient l'habitude de travailler.

— J'ai eu quelques idées pour la scène où Hammond voit Angélique pour la première fois, dit-elle en le voyant revenir. J'adore ce que tu as déjà écrit, mais je pense qu'on pourrait aller encore plus loin. Enfin, si ça te va ?

— Bien sûr ! répondit-il en lui tendant un verre. Il fut tenté d'utiliser sa main droite – celle qui avait été la plus abîmée dans l'accident, afin de savoir quelle aurait été sa réaction. Elle n'avait rien dit à propos de ce qui venait de se passer, mais il sentait qu'elle était toujours perturbée et il aurait préféré crever l'abcès.

De toute évidence, elle évitait intentionnellement le sujet en abordant aussi directement le travail. Essayait-elle d'être polie ? Ou, plus probablement, était-elle si dégoûtée par ce qu'elle a vu qu'elle était prête à tout pour ne plus y penser et éviter la conversation ?

Griffin était certain que cette dernière éventualité était la bonne, et cela le blessa plus que n'importe quelle flamme. Il l'avait trop souvent imaginée dans ses bras, ses mains caressant son dos tandis qu'il l'embrassait, et ses yeux n'exprimant que de l'amour et non du dégoût. Il n'aurait jamais dû se laisser aller à de telles pensées, il le savait. Mais ses désirs étaient plus forts que lui – il avait été incapable de leur résister.

De toute façon, tout cela n'était que le fruit de son imagination. La réalité était que Beverly avait même du mal à le regarder. Au mieux pouvait-il espérer être ami avec elle, mais rien de plus...

Il se força à s'asseoir à côté d'elle, essayant de contrôler son rythme cardiaque.

— Alors, laisse-moi retrouver cette scène, dit-il en ouvrant le script sur son ordinateur.

Beverly ne répondit rien. Il la sentait nerveuse, et il était persuadé que c'était le fait qu'elle ait vu ses cicatrices qui la mettait dans cet état.

— Tu veux venir au Fix avec moi ? lui demanda-t-elle finalement. J'imagine que tu as prévu de retrouver Megan là-bas, non ? Comme ça, elle pourra te ramener si tu ne veux pas m'attendre. Je risque de rester un peu tard, car j'ai prévu de regarder la première de Spencer et Brooke ce soir...

— Euh... oui ! Bien sûr ! répondit-il, surpris.

Elle savait que lui et Megan étaient amis, et seulement amis. Tout le monde au Fix le savait. Non seulement Megan et lui veillaient à ce qu'il n'y ait aucune ambiguïté à ce sujet, mais, depuis que Megan était en couple avec Parker, ils faisaient d'autant plus attention. Il lui parut donc évident que Beverly avait insisté sur ce fait pour lui montrer qu'elle ne voulait rien d'autre que de l'amitié avec lui.

Cette pensée l'anéantit et, en même temps, lui donna le courage qu'il lui manquait.

— Tu en as vu plus qu'elle, tu sais, déclara-t-il en se tournant vers elle et en la regardant dans les yeux.

Il adorait ses grands yeux couleur chocolat.

— *Plus* ? reprit-elle, semblant ne pas comprendre.

— De mes cicatrices..., précisa-t-il.

— Oh..., fit-elle en baissant les yeux. Je suis désolée, tu sais. Je ne voulais pas...

— Ne t'inquiète pas, l'interrompit-il en se penchant en arrière, essayant de rassembler ses idées. Tu sais..., reprit-il. Je déteste tout de mes cicatrices. Mais ce que je hais par-dessus tout, c'est qu'elles me rappellent l'accident. Cette soirée où j'ai été suffisamment stupide pour essayer d'allumer un barbecue avec de l'essence.

Elle le regarda avec tendresse, incapable de répondre quoi que ce soit.

— À une époque, j'ai détesté les médecins. Je leur en ai voulu de ne pas avoir su me « réparer ».

Elle voulut lui dire quelque chose de réconfortant, mais aucun son ne sortit de sa bouche.

— Mais ensuite, j'ai compris, continua-t-il. Ils ont fait ce qu'ils ont pu. Même avec un traitement expérimental, ils n'auraient pas pu faire mieux...

— Tu dis ça comme si tu étais responsable, commenta-t-elle.

Il la regarda avec un léger sourire ironique.

— Je t'en prie, Bev. Ne me parle pas sur ce ton-là. Je n'ai pas besoin de ta pitié...

— Je t'en prie, s'emporta-t-elle. Ce n'est pas de la pitié, mais de l'affection. Et tu es un idiot si tu ne le comprends pas... Bien sûr, je sais que cela doit être difficile d'être différent, d'avoir un handicap. Mais il faut que tu te rendes compte que tu as aussi quelque chose en plus de la plupart des gens. Tu as du génie, Griff ! Tu as un vrai don d'écriture...

Encore une fois, pensa-t-il, elle évitait la question du physique et revenait sur son talent d'auteur. Une preuve de plus qu'il ne lui plaisait pas et qu'elle ne lui offrait que son amitié...

— Peut-être, ironisa-t-il. Mais mes scripts ne se voient pas quand je marche dans la rue. Tandis que mes cicatrices, je peux t'assurer que tout le monde les voit. Et personne ne peut comprendre ce que je ressens. Personne ne me voit quand je suis nu...

Il s'en voulut immédiatement d'avoir évoqué son intimité. Il sentait qu'il l'avait gênée, et — surtout — il avait éveillé en lui un désir qu'il aurait préféré oublier. Un désir qu'il *devait* oublier car, de toute évidence, Beverly ne voulait rien de plus que de l'amitié entre eux...

— Je comprends, dit-elle, son regard plongé dans le

sien. Mais je ne te vois pas comme *toi* tu te vois. Quand je te regarde, je ne vois pas tes cicatrices ; je ne vois que ton intelligence, ton humour, et ton talent.

Ces mots le déstabilisèrent, et il finit son verre de vin pour se donner une contenance.

— Tu veux encore un peu de vin ? lui proposa-t-il.

— Oui, volontiers.

Il commença à se lever.

— Griffin ?

Il se rassit, la regardant droit dans les yeux.

— Est-ce que je peux...

Elle s'interrompit, tendant une main vers lui, mais il recula, comme s'il avait peur de son contact.

— Je suis désolée, s'excusa-t-elle.

— Non, c'est moi, la rassura-t-il. C'est juste que je ne suis pas...

— Prêt ?

— À l'aise, la corrigea-t-il.

Il ne voulait pas qu'elle pense qu'il pense qu'il pourrait être « prêt » un jour. Il savait qu'il ne le serait jamais.

— Je comprends, rétorqua-t-elle. Tu nous ressers ? lança-t-elle en souriant et en se levant, pour détendre l'atmosphère et changer de sujet.

Elle le suivit dans la cuisine où ils burent le reste de la bouteille en grignotant des chips et en parlant de la passion de Griff pour les vieilles voitures. Il se sentait bien. Il adorait cette façon qu'elle avait de l'écouter, de s'intéresser à lui et à ses passions – même si les voitures n'étaient certainement pas son truc à elle... La conversation était si agréable que l'un et l'autre perdirent la notion du temps.

— Merde, je suis en retard ! s'exclama-t-elle en regardant sa montre. Je devrais déjà être avec Megan pour mon maquillage ! Il faut que je lui envoie un message, dit-elle en prenant son téléphone. Tu veux que je dise que tu viens aussi ?

— Bien sûr !

Sa réponse sembla enchanter Beverly qui lui lança un grand sourire.

— Super ! lança-t-elle. Car il faut absolument que nous soyons ensemble pour annoncer la bonne nouvelle de n sourire s'épanouit alors qu'il se levait. "Bien. Parce que nous devrions être ensemble lorsque nous annonçons à tout le monde la bonne nouvelle de *Justice cachée*, et je n'aurais pas aimé devoir attendre que tu arrives pour le faire. J'ai tellement hâte !

— Tu as raison, dit-il en s'approchant d'elle pour la débarrasser de son verre.

Mais au lieu de lui tendre son verre, elle le posa sur la table et prit sa main gauche dans sa main droite, provoquant en lui une onde de choc et de surprise qui, finalement, était bien plus agréable qu'il ne l'aurait cru.

— Je suis vraiment désolée pour tout à l'heure, dit-elle doucement. Mais, je t'en supplie, tu dois me croire quand je te dis que tes cicatrices ne me dérangent pas. Et surtout, je veux que tu saches à quel point j'aime ton scénario, et à quel point je suis fière de faire partie de ton film...

Ses mots le touchèrent. Profondément.

Mais c'était les mots d'une amie et, alors qu'ils se dirigeaient vers la voiture de Beverly, Griffin abandonna tout espoir que quelque chose puisse se passer entre eux.

CHAPITRE QUATRE

— TU LA DÉVORES DES YEUX, lança Megan avec un sourire malicieux en s'asseyant à côté de Griffin.

— Pas du tout, je ne fais que regarder, se défendit-il.

— Tu regardes avec beaucoup d'intensité, alors..., ironisa-t-elle en riant.

— Bon, tu veux en venir où ? s'agaça-t-il.

— Nulle part, je ne fais que constater, répondit-elle avec un ton chargé de sous-entendus. Alors, vous avez avancé sur le scénario ? lui demanda-t-elle pour changer de sujet.

— Pas vraiment, répondit-il, essayant de paraître décontracté tandis qu'il gardait les yeux rivés sur Beverly, qui invitait un autre concurrent à la rejoindre sur scène. Nous en avons un peu parlé, mais nous n'avions pas beaucoup de temps. Il a fallu que nous partions tôt pour venir ici et qu'elle fasse son truc..., expliqua-t-il avec un air bougon.

— Hmmm...

Il se détourna de Beverly pour regarder Megan.

— Quoi, « Hmmm » ? lui demanda-t-il.

— Non, rien..., minimisa-t-elle avec un sourire

Il la fixa une seconde, puis se tourna à nouveau vers la scène.

— Bon, d'accord, concéda-t-elle. Je veux juste savoir que tu vas bien ?

Il se tourna à nouveau vers elle.

— Pourquoi je n'irais pas ? lui demanda-t-il d'un air impassible.

— Je ne sais pas. Mais je sens que quelque chose ne va pas...

— Tu te trompes, tout va très bien, répondit-il d'un ton ferme.

— Je ne suis pas certaine de me tromper, au contraire, insista-t-elle en le regardant droit dans les yeux, les sourcils relevés.

Griffin soutint son regard, mais ne répondit rien. Elle avait raison, mais il n'était pas prêt à se confier à elle. Il fut sauvé par Parker Manning qui s'approcha d'eux et passa ses bras autour de Megan. D'une main, il écarta ses longs cheveux bruns de son cou et y déposa un doux baiser avant de lever les yeux vers Griffin.

— Si elle t'embête, tu me le dis ! lança-t-il avec humour.

Megan rit, puis tourna la tête pour embrasser Parker.

— Tu es le seul que j'embête ! plaisanta-t-elle en caressant ses cheveux avant de l'embrasser à nouveau.

— Bon, ça devient indécent, fit mine de s'outrer Griffin.

— Tu as raison, dit Parker, amusé. Peut-être devrions-nous aller à l'hôtel ? suggéra-t-il à Megan. Qu'est-ce que tu dirais d'une suite au Winston ?

— Désolée, répondit Megan. Mais, même pour toi, je ne veux pas manquer la première de Brooke et Spencer ! D'ailleurs, ça ne va pas tarder à commencer, ajouta-t-elle en regardant l'horloge au-dessus du bar.

— Je te suis ! déclara Parker.

Megan se leva et lui prit la main, mais Griffin la rattrapa par le bras.

— J'ai besoin d'elle encore une minute, dit-il à l'attention de Parker.

Parker le regarda d'un air interrogateur, mais décida de ne pas insister.

— Bon, on se retrouve là-bas ? demanda-t-il à Megan avant de déposer un rapide baiser sur sa joue et de se diriger vers l'arrière du bar.

— Tu devrais lui parler, dit Megan.

— Lui parler de quoi ? répondit Griffin en s'efforçant

de ne pas s'agacer. Je l'aime bien, vraiment. Mais c'est tout. Il ne se passera rien entre nous.

— Pourquoi pas ?

— Ne fais pas celle qui ne comprend pas, Megan. Pas toi ! soupira-t-il.

— Je ne fais pas celle qui ne comprend pas ! se défendit-elle. C'est toi qui ne te fais pas suffisamment confiance ! Ni à toi ni à Beverly, d'ailleurs.

Griffin aurait aimé qu'elle ait raison, mais il était persuadé du contraire.

— Bon allez, va rejoindre Parker. Il t'attend, lui lança-t-il d'un ton amical. Je vais aller me chercher un truc à boire.

Elle le regarda un instant d'un air attendri, puis quitta sa chaise pour rejoindre Parker. Griffin resta seul et se concentra à nouveau sur Beverly qui était en train de féliciter Matthew, élu Mister Octobre, en levant son bras comme on le faisait avec les boxeurs ayant remporté un match.

Dès qu'elle laissa tomber son bras, Matthew la prit dans ses bras, et Griffin ne put s'empêcher de ressentir un léger agacement, comme si on empiétait sur sa propriété. Il détourna aussitôt le regard. Tout cela lui paraissait tellement ridicule : toutes ses filles hurlant et se bousculant pour demander un autographe ou un selfie avec le nouvel homme du mois... Certes, c'était pour la bonne cause, et il était très fier de tous ses amis qui avaient non seulement concouru mais, en plus, remporté l'élection, et qui apparaîtraient bientôt dans le calendrier de l'année prochaine. Lui-même aurait volontiers participé, d'ailleurs – mais quelles chances aurait-il eu d'être élu ?

Il se leva et se dirigea vers le bar, se rappelant que, s'il exigeait des autres de ne pas avoir pitié de lui, il devait s'appliquer cette exigence à lui-même et ne pas s'apitoyer sur son propre sort.

Il était sur le point de faire signe à Eric, le barman, lorsque quelqu'un tapota sur son épaule. Surpris, il se retourna et découvrit Beverly, si près de lui qu'il fut enivré par son parfum vanillé. Son sourire semblait illuminer le bar, avec en plus l'avantage de n'être réservé qu'à lui et non à tout le public, comme lorsqu'elle était sur scène.

— C'est super pour Matthew, hein ? Même si j'étais certaine qu'il gagnerait : il était clairement le plus beau, lança-t-elle.

— C'est vrai, confirma Griffin. En même temps, en tant que coach sportif et propriétaire de salles de sport, il a plutôt intérêt à être musclé...

— Tu marques un point, répondit Beverly en riant. D'ailleurs, sa salle semble parfaitement fonctionner sur toi. Tu n'es pas mal non plus, de ce que j'ai pu voir tout à l'heure ! ajouta-t-elle avec un clin d'œil.

— Beverly...

— Quoi, « Beverly » ? l'interrompit-elle d'un air soudain plus sérieux et en faisant glisser sa main le long de son bras gauche, jusqu'à son épaule musclée.

Elle s'approcha de lui tandis que sa main descendait dans son dos, jusqu'à n'être qu'à quelques centimètres de lui, sentant son souffle caresser son visage.

Griffin fit un pas brusque en arrière, mais Beverly ne sembla pas déstabilisée et garda sa main sur son bras.

— Tu t'entraînes bien à la salle de Matthew, non ? Je t'y ai vu plus d'une fois…, reprit-elle.

— Ah bon ? s'étonna-t-il. Je ne t'ai jamais vue.

— Moi je te vois… Toujours avec ta capuche vissée sur la tête. Tu essayes de te cacher, mais je ne vois que toi…, dit-elle en le regardant droit dans les yeux, avec une intensité particulière. Tu ne te vois pas comme tu es, Griff, lui dit-elle d'un ton solennel. Crois-moi, tu es magnifique, et je suis certaine que beaucoup d'hommes aimeraient te ressembler. C'est d'ailleurs pour cela que tu t'entraînes, non ?

Elle avait en partie raison. Certes, il s'entraînait pour conserver sa musculature, mais aussi parce que le sport devait améliorer les effets du protocole Devinger, un traitement expérimental auquel il participait et qui était censé l'aider à récupérer une meilleure capacité de mouvement. Mais il préféra ne pas rentrer dans ces détails.

— Non, je m'entraîne uniquement pour que les

belles femmes me remarquent, répondit-il avec un sourire, soutenant son regard.

— Tu es en train de me faire un compliment ? s'étonna-t-elle en mettant ses cheveux derrière son oreille.

Elle lui apparut soudain plus comme adolescente timide que comme une star de cinéma sûr d'elle.

— Disons que je suis certain que beaucoup de femmes aimeraient te ressembler, répondit-il, reprenant sa tournure.

Le visage de Beverly s'illumina et, sans réfléchir, elle lui prit la main, le regardant d'un air chargé d'attentes. Griffin la conduisit alors dans une salle à l'arrière du bar, celle dans laquelle les candidats à l'élection de l'homme du mois attendaient d'entrer sur scène et qui, le reste du temps, était utilisée comme un espace plus tamisé, pour les clients préférant le calme à la cohue de la salle principale. Des tables et des fauteuils en velours y étaient installés, avec un comptoir, plus petit que celui de la grande salle, derrière lequel se trouvait également un barman. Un écran de télévision était là aussi fixé au mur et, lorsqu'ils entrèrent, les visages de Brooke et Spencer s'affichèrent.

Ils rejoignirent alors le petit groupe d'habitués du bar et d'amis qui s'était rassemblé pour assister à l'émission et soutenir Brooke, Spencer, et le Fix.

Plusieurs mois auparavant, Brooke avait obtenu que

le Fix puisse participer à Réno Boutique, une émission de téléréalité qui, durant six épisodes, présentait la rénovation d'une entreprise. La chaîne avait exigé que Spencer fasse partie du projet, car il avait déjà participé, avec succès, à une émission de téléréalité. Il avait accepté, permettant ainsi à l'émission sur les travaux de rénovation du Fix de voir le jour, tout comme sa romance avec Brooke, qu'il avait rencontrée à cette occasion.

Pour ajouter de l'intérêt à l'émission, la production avait également décidé de filmer les élections de l'homme du mois que le bar organisait. Il y avait donc eu plus de six épisodes, et le dernier devait avoir lieu en décembre, avec la dernière élection.

Pour cette première diffusion, l'émission mettait en vedette le Fix, Mister Janvier, et Mister Février – Reece et Spencer, respectivement. Cette première était un véritable événement pour le Fix, et de nombreux clients étaient entassés dans la salle, ainsi que tous les membres du personnel. Griffin aperçut immédiatement la carrure imposante de Tyree, le propriétaire du bar – un grand brun au regard doux et à la voix grave. Il était accompagné d'Eva, sa fiancée, et d'Elena, leur fille de vingt-trois ans. L'histoire d'Eva et de Tyree était digne des plus grands romans d'amour... Ils s'étaient retrouvés après vingt ans de séparation, et semblaient amoureux comme au premier jour. Griffin était ravi pour eux, et un peu jaloux aussi. En fait, il était jaloux de beaucoup de gens au Fix, Megan et Parker, Reece et Jenna, et tant d'autres couples. Tous semblaient tellement épanouis, tandis que lui n'arrivait pas à franchir le cap qui pouvait le mener au bonheur et se murait dans une solitude qui lui pesait de plus en plus.

Même son ancienne stagiaire, Mina, avait connu le bonheur dans les bras de l'un de ses amis qui était devenu son petit ami, Cameron Reed. C'était d'ailleurs ce même Cameron qui, installé derrière le comptoir, montrait à Griff une bouteille de Bourbon pour lui demander s'il devait lui servir un verre.

— Tu me connais bien ! lui lança Griff en s'approchant de lui. Vous avez un Bat Bourbon, de Selma ? demanda-t-il, faisant référence à la sœur de Matthew, Selma, qui dirigeait une distillerie locale et dont Griff, qui adorait le bourbon, était l'un des meilleurs clients.

— C'est parti ! lança Cameron en lui servant un verre.

Mina les rejoignit et demanda à Cameron de lui verser un également un verre.

— Dis donc..., ça fait longtemps qu'on ne t'a pas vu ici ! lança-t-elle à Griffin avec un air malicieux. Tu te cachais ?

— J'ai plutôt l'impression que c'est toi qui ne sors plus de chez toi, rétorqua Griff avec un clin d'œil.

— T'as peut-être raison, répondit Mina en riant. Qu'est-ce que tu veux..., j'ai un petit ami sexy ! plaisanta-t-elle en prenant le verre de bourbon que Cameron lui tendait.

— Silence, tout le monde ! cria Megan, faisant taire instantanément l'assemblée. Ça commence !

Mina rejoignit Cam derrière le bar, qui la prit dans ses bras, tandis que Griff alla s'installer dans le fauteuil vide à côté de celui de Beverly, sentant son cœur battre comme un adolescent à son contact.

— Dans un an, ce sera notre film qu'on sera en train de regarder ! lui murmura-t-elle à l'oreille en se penchant vers lui avec un large sourire.

Un frisson le parcourut, sans qu'il ne sache si c'était à cause d'elle ou de la perspective de voir son scénario porté à l'écran. Heureusement, il n'eut pas le temps de se poser la question, car l'émission commença et la salle fut envahie par un tonnerre d'applaudissements et de cris de joie tandis que l'entrée du Fix apparut à l'écran avec le logo de l'émission.

En regardant Brooke et Spencer à l'écran, la manière dont ils travaillaient ensemble pour imaginer les travaux de rénovation du bar, Griff se dit que l'attraction entre eux était évidente, palpable, et qu'elle perçait l'écran. Cela lui rappela la sensation qu'il avait ressentie durant tous ces mois où il avait collaboré avec Beverly pour l'écriture du scénario.

D'ailleurs, Beverly apparut à son tour à l'écran, présentant les candidats à l'élection de Mister Janvier.

C'était Reece qui avait été élu, ce mois-là, et lorsque la caméra le montra sur scène, torse nu et couvert de tatouages, tout le monde dans la salle se mit à applaudir, puis à rire lorsque les photos de lui choisies pour le calendrier défilèrent à l'écran.

— T'es tellement sexy ! s'exclama Jenna en se blottissant contre lui.

Reece la fit alors ostensiblement basculer en arrière et l'embrassa avec fougue, comme dans un vieux film hollywoodien, sa main posée sur son ventre arrondi qui indiquait clairement que la date de l'accouchement approchait.

Ce fut ensuite au tour de Spencer, Mister Février, d'apparaître à l'écran, provoquant la même euphorie, qui sembla ne plus quitter la pièce jusqu'à la fin de l'émission qui se termina dans un tonnerre d'applaudissements.

Tyree prit la parole en levant les bras pour demander le silence.

— Je vous remercie tous d'être avec nous ce soir ! Je dois avouer que je suis très fier de notre bar, et je suis très reconnaissant à Brooke et Spencer d'en avoir donné une si belle image. Et comme je suis certain que, grâce à eux et à cette émission, nous allons avoir trois fois plus de clients dès demain et devenir très riches, je vous offre à tous une tournée. Prenez que vous voulez, c'est pour la maison !

— Dis plutôt que c'est pour nous ! ironisa Brent

Sinclair, copropriétaire et responsable de la sécurité du bar, déclenchant une nouvelle vague de rire.

Elena rejoignit ses parents et se serra fièrement contre Tyree, puis elle baissa les yeux d'un air embarrassé lorsque Brent lui fit un clin d'œil qui indiquait clairement que quelque chose se passait entre eux. Griff se tourna alors vers Beverly avec l'air de lui demander si elle avait vu cet échange de regards entre eux, et elle lui sourit en haussant les épaules, avec l'air de dire qu'en effet, ces deux-là devaient être en couple ou, en tout cas, qu'ils n'allaient pas tarder à l'être.

Décidément, tout le monde semblait être en couple, et cela ne fit que renforcer la frustration que Griff ressentait. Lui aussi aurait voulu être avec une femme. Mais pas avec n'importe laquelle. Il voulait être avec Beverly.

Il fut tiré de ses pensées par Beverly qui l'attrapa par le bras et prit à son tour la parole.

— S'il vous plaît ! cria-t-elle pour attirer l'attention. Griffin et moi avons nous aussi une grande nouvelle, et nous aimerions la partager avec vous en cette soirée si spéciale.

— Vous vous êtes fiancés ! s'exclama Selma avant de se faire réprimander en silence par Easton, son petit ami et avocat local. Bah quoi ? se défendit-elle, ils sont tout le temps ensemble !

Tout le monde se mit à rire et Beverly sentit ses joues devenir rouges.

— Non, pas ce genre de nouvelles, répondit-elle avec un sourire. Ce que nous avons à vous annoncer est plus dans le thème de ce soir et du spectacle. Tu veux leur dire ? demanda-t-elle à Griffin.

Il fit non de la tête.

— Bon, très bien, dans ce cas c'est moi qui ai le privilège de vous annoncer que les studios Apex ont acheté le scénario de Griffin ! déclara Beverly avec une joie non dissimulée. Nous sommes actuellement en train de travailler sur les derniers détails et, si tout se passe comme prévu, le tournage devrait commencer dès l'année prochaine !

— C'est formidable ! s'exclama Jenna en prenant Beverly dans ses bras – les deux femmes étant devenues très amies depuis que Beverly avait intégré l'équipe du Fix en tant que maîtresse de cérémonie lors des soirs d'élection.

Brooke et Spencer s'approchèrent à leur tour pour féliciter Griff et Beverly tandis que toute la salle vibrait au son des applaudissements et des cris d'encouragement.

— Nous sommes vraiment contents pour vous, déclara Brooke. Tu es habituée à être sous les feux de la rampe, ajouta-t-elle en s'adressant à Beverly. Mais pour toi, Griff, c'est un monde nouveau qui s'ouvre à toi !

— Je ne suis que l'auteur, minimisa-t-il. Ce n'est pas moi qui vais le plus intéresser le public.

— Détrompe-toi, mon pote, le corrigea Spencer. Si le film a autant de succès que prévu, tu risques de faire la une des journaux !

— Spencer a raison, intervint Beverly, prenant une fois de plus sa main gauche avec désinvolture. Le film va faire beaucoup parler de lui ; il faut que tu t'y prépares.

— Génial ! Super ! balbutia Griffin en essayant de paraître calme.

Mais la vérité était que cette exposition l'angoissait déjà. Bien sûr, il aurait dû s'y attendre, mais il ne pouvait s'empêcher de ressentir de l'anxiété à l'idée d'être exposé, lui qui passait son temps à essayer d'être invisible.

CHAPITRE CINQ

— JE TE PRÉVIENS, tu es obligé de me dire oui !
déclara Beverly de but en blanc lorsque Griffin lui ouvrit
la porte, le lendemain de la soirée au Fix.

— Ouh la ! s'exclama Griffin. D'accord : oui ! fit-il en
levant les mains.

— Très drôle ! rit-elle en posant sa main sur son
épaule pour le pousser et pouvoir entrer.

Elle fut ravie de constater qu'il n'eut aucun mouvement de recul comme les fois précédentes. Au contraire,
elle eut même l'impression qu'il apprécia son contact.
Bien sûr, elle avait appuyé sur son épaule gauche, pas sur
la droite – mais elle considérait néanmoins que cela était
un progrès.

— Bon, et à quoi est-ce que je viens de dire oui ?
Parce que je te préviens : il est hors de question que je
saute en parachute ! plaisanta-t-il.

— C'est noté, rétorqua-t-elle en riant à nouveau et en posant son grand sac cabas Louis Vuitton sur la table basse du salon. Je sais que nous devrions nous plonger directement dans les révisions du scénario, dit-elle en fouillant dans son sac, mais regarde ce que je t'ai amené... Ta-da ! lança-t-elle fièrement en brandissant le DVD de *Crypto Games*. Prêt pour une soirée ciné ?

— T'es géniale ! s'exclama Griff. Tu sais que je mourais d'envie de le voir ? Mais il n'est que deux heures de l'après-midi. Peut-être devrions-nous travailler un peu et le regarder ensuite ? proposa-t-il.

— Sûrement pas ! répondit-elle. Je veux absolument le voir tout de suite. Chris m'avait promis de m'envoyer une copie avant que la première, samedi, à Los Angeles, et je viens juste de le recevoir. Je suis sûre que ça va nous inspirer, en plus – car il faut absolument que l'on montre à Chris que nous pouvons être encore meilleurs...

— Tu as raison. En plus, mon objectif dans la vie, c'est d'impressionner Christopher Deaver, répondit-il avec un sourire ironique.

Elle leva les yeux au ciel et se dirigea vers le canapé, ravie que Griff accepte de voir le film. Car, en allant chez lui, elle avait craint qu'il ne lui réponde que leur relation était purement professionnelle et que, même s'il devait voir le film dans le cadre de leur collaboration, ils devraient le faire lors d'une soirée de travail, avec une demi-douzaine d'autres personnes.

— Je t'en prie, fais comme chez toi ! lui lança-t-il d'un ton moqueur, amusé de la voir si à l'aise chez lui.

— C'est gentil de me le proposer, rétorqua-t-elle sur le même ton badin.

— Cela dit, au cas où tu ne l'aurais pas remarqué, il n'y a pas de télévision dans le salon...

— Oh.

Non, elle n'avait pas remarqué.

— Si tu n'as pas de télévision, ce n'est pas grave. On peut aller chez moi. Ou alors on regarde le film sur ton ordinateur ? suggéra-t-elle.

— Ou alors, nous pouvons le regarder sur mon téléviseur haute définition de soixante-quatre pouces. Celui qui occupe à peu près tout un mur de ma chambre, dans laquelle il n'y a presque pas de meubles à part un lit, une commode et deux tables de chevet... ?

Faisant appel à toutes ses compétences d'actrice, Beverly réussit à ne pas montrer le moindre signe d'étonnement.

— Oui, parfait, répondit-elle le plus simplement du monde. Je ne te demande qu'une seule chose, ajouta-t-elle, ne résistant pas à l'envie de le provoquer. Attends le générique de fin pour me faire l'amour ; je déteste être interrompue pendant un film...

Pendant une demi-seconde, il la regarda sans répondre, et Beverly craignit d'avoir tout gâché.

— Aucun problème, je saurai être patient, finit-il par répondre avec un sourire complice.

— Merci ! lança-t-elle, soulagée et ravie du rapprochement que cette plaisanterie osée avait opéré entre eux. Tu as de pop-corn ? lui demanda-t-elle. Sauf si tu es maniaque et que tu ne veux rien manger dans ton lit ?

— Tu plaisantes ? J'ai toujours rêvé de faire de mon lit une vraie salle de cinéma ! rétorqua-t-il.

— Parfait ! Alors toi tu vas mettre le DVD, et je m'occupe du pop-corn ! lança-t-elle avec enthousiasme.

Le pop-corn était son péché mignon. Elle en avait souvent fait, chez lui, durant leurs longues sessions de travail. Elle le préparait souvent sans beurre, par souci diététique, ce qui désespérait Griffin. Mais, ce soir-là, elle mettrait du beurre – pour lui faire plaisir...

— C'est prêt ! déclara-t-il, quelques instants plus tard, en la rejoignant dans la cuisine. Est-ce que je peux t'aider ?

— Tu peux me passer le beurre que j'ai fait fondre dans le micro-ondes ? lui demanda-t-elle en tenant le couvercle de la casserole dans laquelle les grains de maïs explosaient. Et puis tu pourrais peut-être sortir une bouteille de vin ? Ce n'est pas tous les jours que je m'apprête à regarder avant tout le monde un film dans lequel j'ai joué !

— C'est vrai... Mais tu crois qu'on va réussir à travailler si on boit ? s'inquiéta-t-il.

— Peut-être que non… Mais ce n'est pas vraiment un problème, si ? lui demanda-t-elle avec un air innocent.

— Bon, okay… Tu as gagné ! céda-t-il, devant une Beverly tout sourire.

Non seulement elle était contente qu'il accepte de sortir une bouteille de vin et de partager ce moment d'intimité avec lui, mais elle sentait également que les choses avaient évolué entre eux. Elle ne savait pas s'il se sentait tout simplement davantage à l'aise avec elle, ou s'il y avait un rapprochement amoureux, mais, même si elle espérait que ce soit la deuxième hypothèse, elle était déjà ravie de cette complicité nouvelle.

Elle versa le pop-corn beurré dans un grand saladier, et suivit Griffin, deux verres et une bouteille dans les mains, jusque dans la chambre. Ils s'installèrent confortablement et Griffin appuya sur le bouton de la télécommande pour commencer le film. Beverly se sentait particulièrement stressée, non seulement parce qu'elle était pour la première fois toute proche de lui, mais aussi parce qu'elle allait apparaître dans le film et qu'elle espérait qu'il apprécie son travail. Mais, très vite, le vin, le pop-corn, le film, et le plaisir d'être avec lui la rasérénèrent et elle se détendit complètement.

Bien qu'elle connaisse l'histoire du film – puisqu'elle y avait l'un des rôles principaux – elle en apprécia le résultat final et se laissa prendre par l'intrigue comme si elle le découvrait pour la toute première fois. Les scènes n'étant jamais tournées dans l'ordre chronologique de l'histoire, elle découvrit le résultat final avec un grand plaisir.

Jusqu'à la scène d'amour.

Comment avait-elle pu oublier cette scène et ne pas anticiper que cela les mettrait l'un et l'autre mal à l'aise ? Lorsqu'elle se découvrit, en gros plan, en train d'embrasser à pleine bouche David, son partenaire, elle eut envie de disparaître. Lors du tournage, elle avait négocié de pouvoir porter un string, mais le résultat donnait l'impression qu'elle était entièrement nue, les mains de David caressant son corps d'une manière extrêmement sensuelle. C'était si réaliste qu'elle ne put s'empêcher de s'imaginer les mains de Griffin remplaçant celles de David.

Elle regarda droit devant elle, se forçant à ne pas regarder sur le côté pour voir s'il la regardait, sous sa capuche. Mais, même sans le voir, elle sentait la tension qui s'était installée entre eux. Elle sentait que lui aussi imaginait remplacer David, et cela ne faisait qu'ajouter à son trouble. Elle arrivait à peine à respirer.

Lorsque la scène fut enfin terminée, elle se détendit lentement, et prit quelques grains de pop-corn pour se redonner de l'assurance.

Mais Griffin eut le même réflexe et leurs mains se touchèrent.

— Je suis désolée, s'excusa-t-elle en retirant sa main immédiatement.

— Non, non, c'est moi..., s'empressa-t-il de répondre. Vas-y, je t'en prie ! lui dit-il en l'invitant à se servir du pop-corn.

Elle tourna son regard vers lui pour essayer de lire sur son visage et déceler s'il ressentait le même trouble qu'elle. Mais, comme souvent, elle fut incapable de déchiffrer son expression. Il n'était pourtant pas acteur, mais il était plus fort qu'elle pour dissimuler ses émotions.

— Ah, tu vas voir... Je crois que cette scène est vraiment très bien, dit-elle en désignant l'écran.

C'était la scène du train. Le point culminant de l'intrigue. Surtout, elle tombait à pic – elle leur permit à tous les deux de faire diversion. Ils furent à nouveau happés par le film, jusqu'à la fin cette fois. Si bien que, lorsque le générique de fin apparut, l'un et l'autre étaient parfaitement détendus, pris par l'histoire, et soulagés que les héros s'en soient sortis.

— C'était vraiment génial ! déclara-t-il avec enthousiasme. *Tu* étais géniale..., reprit-il plus doucement.

Elle avait l'habitude des compliments, mais, venant de lui, cela avait plus de poids. Elle se dirigea vers lui et, doucement, lui prit sa main gauche. À sa grande surprise, il ne résista pas.

— Merci, dit-elle en le regardant droit dans les yeux.

Puis elle se pencha en avant pour l'embrasser. Elle savait qu'elle prenait un risque, mais l'envie était trop forte – elle ne se souciait plus de rien. Tout ce qu'elle voulait, c'était sentir le goût de sa bouche. Après ces deux heures de film passées à côté de lui, elle avait l'impression que tout son corps était en éruption.

Mais, au dernier moment, Griff détourna la tête, retirant sa main de la sienne.

— C'est fou, déclara-t-il d'un air gêné. Le film a duré plus de deux heures mais je n'ai rien vu passer. C'était vraiment sensationnel !

Elle eut envie d'insister, de reprendre sa main et de l'embrasser, mais elle décida de s'abstenir.

— Nous ferions mieux de nous mettre au travail, reprit Griff. Si on ne rend pas le scénario rapidement, Holt va nous voler dans les plumes...

Elle était obligée d'admettre qu'il avait raison et elle le suivit dans le salon, sans rien dire. Comme les fois précédentes, elle s'installa dans l'une des deux chaises placées devant le bureau, tandis qu'il allumait l'ordinateur. Au début, elle se sentit mal à l'aise, humiliée d'avoir été rejetée. Mais, très vite, elle se perdit dans le script et finit par oublier son malaise.

— Cette partie est redondante, déclara Griffin, surlignant un bloc de texte avec la souris. Hammond dit quasiment la même chose dans la dernière scène. On supprime ?

— Oui, tu as raison, dit-elle en repoussant une mèche de cheveux qui tombait sur son front. D'ailleurs, je ne suis pas sûre qu'Angélique se disputerait avec Hammond tout de suite, dit-elle en se levant, une main sur le dossier de sa chaise, tandis qu'elle se penchait sur l'épaule de Griffin afin de regarder avec lui l'écran de l'ordinateur. Là, tu vois ? reprit-elle. Je trouve que ça ne colle pas à son personnage...

Son sweat à capuche sentait bon la lessive, et elle inspira profondément pour s'enivrer de son parfum.

— Tu as peut-être raison, concéda-t-il. Elle ne dévoilerait pas ses cartes si vite...

— Exactement, répondit Beverly, retirant sa main de l'écran et la posant sur son épaule.

Elle sentit, à travers son pull et son t-shirt, les cicatrices qui striaient sa peau, et ses muscles épais se contracter.

— Beverly...

— Je pense qu'il faut retirer cette ligne, ajouta-t-elle, feignant de ne pas avoir entendu.

— Beverly, arrête...

— Arrêter quoi ?

Pendant un moment, il resta silencieux.

— Tu sais très bien...

Elle finit par retirer sa main, à regret. Elle était dépitée. Cela faisait maintenant trop longtemps qu'elle ne pouvait pas être dans la même pièce que lui sans être intensément attirée par lui – peut-être encore plus parce qu'il la repoussait.

Décidée à mettre un terme à cette situation, elle contourna sa chaise, puis s'appuya contre le bureau, face à lui. De si près, elle voyait parfaitement les énormes cicatrices qui marquaient le côté droit de son visage. De tout son corps, même, certainement – mais elle n'avait jamais eu l'occasion de le vérifier.

— Beverly, grogna-t-il en baissant le visage pour essayer de le cacher.

— Non Griff. Ça suffit ! protesta-t-elle. C'est quoi ton problème, exactement ?

— Mon problème ? s'emporta-t-il en relevant la tête, la voix emplie de colère et d'amertume. Mais ouvre les yeux, bordel !

— Ça fait des mois que j'ai les yeux ouverts, rétorqua-t-elle. Je ne vois rien.

— Je t'en prie, ricana-t-il. Épargne-moi ta condescendance !

— Tu es un idiot. J'espère que tu le sais au moins ?

— Bon, ça suffit, dit-il sèchement en faisant rouler sa chaise en arrière. Nous avons suffisamment travaillé pour aujourd'hui !

Elle attrapa son bras et le tira vers elle.

— Non ! s'exclama-t-elle en refermant sa main sur la sienne, sentant sa peau rugueuse et abîmée.

Pendant un moment, ils se fixèrent du regard, puis il détourna les yeux.

Beverly inspira profondément pour se donner du courage, puis, doucement, elle retira la capuche de sa tête

— Ne fais pas ça, murmura-t-il, la gorge nouée.

— Alors, arrête-moi, dit-elle en posant sa paume sur sa joue cicatrisée.

Elle rencontra à nouveau ses yeux. Son cœur battait la chamade. Elle s'était attendue à ce qu'il l'empêche d'aller plus loin, mais, contre toute attente, il n'en fit rien. Il resta immobile et elle continua de faire ce qu'elle avait eu envie de faire depuis si longtemps.

Lentement, elle se pencha en avant et posa sa bouche sur la sienne.

CHAPITRE SIX

GRIFF SE FIGEA, prit entre l'envie de la serrer contre lui et celle de la repousser. Il était incapable de faire quoi que ce soit, cherchant uniquement à ne pas se perdre dans ce baiser. Il se concentra sur les battements de son cœur : un, deux, trois... Jusqu'à ce que, finalement, il revienne à la réalité et se détache d'elle.

— Je suis désolé, dit-il doucement.

— Non, c'est moi, répondit Beverly, visiblement mortifiée.

Il la regarda, d'autant plus désolé qu'il se sentait incapable de soulager le sentiment de malaise qu'elle semblait ressentir.

— Tu sais que j'en ai très envie, moi aussi, lui dit-il. Mais je ne peux pas...

— Je t'en prie, l'interrompit-elle sèchement, l'embarras ayant clairement cédé la place à la colère. Tu ne peux pas quoi ? Griffin, tu peux faire tout ce que tu veux avec moi ! Non seulement tu peux, mais je n'attends que cela ! s'emporta-t-elle. Et je sais que tu ressens la même chose que moi. Alors pourquoi est-ce que tu gâches tout ? Pourquoi est-ce que tu nous prives de ce bonheur ?

— Bev, je...

Mais elle ne l'écouta pas et retourna dans le salon.

— Je t'appelle demain, lui dit-elle tandis qu'il la suivait. C'était une mauvaise idée de regarder ce film... Mais demain, ça ira mieux, je te le promets. J'aurais oublié tout ça et serai passée à autre chose.

De toute évidence, elle pensait ce qu'elle disait, et Griffin réalisa que c'était peut-être sa dernière chance de la toucher, de l'avoir, de la sentir...

Beverly posa sa main sur la poignée de la porte d'entrée et, sans réfléchir, Griffin se précipita vers elle et lui saisit le bras, l'empêchant d'ouvrir la porte.

— Griffin, qu'est-ce que...

Sans la laisser terminer sa phrase, il caressa son visage de sa main droite. La sensation de sa peau contre la sienne était merveilleuse – d'autant plus que c'était pour lui une sensation totalement nouvelle. Jamais il n'avait touché une femme avant elle. Grisé, son regard plongé dans le sien, il se pencha doucement vers elle et posa ses lèvres sur les siennes. Il l'embrassa lentement, profondément, laissant enfin libre cours à l'attirance qu'il y avait entre eux et contre laquelle ils avaient l'un et l'autre lutté pendant si longtemps. C'était comme une reddition. Une douce reddition.

— On va dans ton lit ? murmura-t-elle.

Aussitôt, il la prit dans ses bras et la transporta jusqu'à sa chambre, comme une jeune mariée.

— Je te préviens, lui dit-il en s'allongeant au-dessus d'elle après l'avoir déposée sur son lit, j'ai tellement envie de toi que je ne suis pas certain de réussir à aller lentement.

— Je n'en suis pas sûre non plus ! répondit-elle, le souffle court, l'attirant contre elle.

Elle fit glisser sa main jusqu'à sa fermeture éclair et il ressentit un bref sentiment de peur. Mais le désir sincère qu'il lut dans les yeux de Beverly le calma et il se détendit, se perdant dans un baiser passionné. Beverly ouvrit sa fermeture éclair, et il retira son sweat à capuche, ne gardant que son t-shirt à manches courtes. Pour lui, cela était déjà une pas gigantesque : il révélait ainsi plus qu'il n'avait jamais révélé, à quiconque.

Il se sentit décontenancé, déstabilisé, et il se raccrocha à son regard dans le sien. Il savait qu'elle pouvait désormais parfaitement voir les brûlures sur son visage, autour de son œil, sur son crâne désespérément chauve depuis l'accident, mais il se laissait être regardé, découvert – c'était une condition nécessaire pour aller plus loin.

Doucement, elle caressa son front.

— Est-ce que tu sens ma main ? lui demanda-t-elle.

— Non, répondit-il. Les brûlures ont endommagé mes terminaisons nerveuses. Partout où j'ai des cicatrices, je ne ressens plus rien. J'ai testé plusieurs protocoles expérimentaux pour essayer de retrouver mes sensations, mais aucun n'a fonctionné. Bon, mais je te rassure, ajouta-t-il en souriant, j'ai retrouvé presque l'intégralité de ma capacité de mouvement.

Il lui fit un clin d'œil et elle rit, embrassant son œil entouré de cicatrices.

— Et ici, tu sens ma main ? demanda-t-elle en passant son doigt sur son sourcil gauche.

— Oui.

— Et ici ? demanda-t-elle encore en passant ses doigts sur ses lèvres.

Et, avant qu'il ne puisse dire oui, elle introduisit un doigt dans sa bouche, puis ferma les yeux lorsqu'il se mit à le sucer doucement.

— J'aime ça, murmura-t-elle en rouvrant les yeux.

Passant son bras autour de son cou, elle l'attira contre lui et l'embrassa avec une fougue sauvage, passionnée. Leurs langues se mêlèrent l'une à l'autre, et elle sentit sa queue durcir contre son bas-ventre. Elle était prête. Elle avait envie de lui. Besoin de lui.

— Enlève ton t-shirt, le supplia-t-elle d'une voix haletante.

— Toi d'abord, répondit-il d'un air volontairement enfantin qui la fit rire.

Sans lui laisser le temps de répondre, il commença à déboutonner son chemisier.

— Arrachez-les, dit-elle.

Il la regarda, les sourcils levés.

— Oui, c'est un fantasme, se justifia-t-elle avec un sourire gêné. J'ai envie que tu arraches mes vêtements.

Il rit, mais ne fit pas d'objection. Il attrapa les deux côtés de son chemisier et tira d'un coup sec, faisant voler les boutons sur le matelas et révélant son soutien-gorge en dentelle bleu pâle qu'il tira pour libérer sa poitrine. Il embrassa son sein droit, et il la sentit se cambrer, le suppliant en silence de continuer.

Il fit alors glisser sa main gauche sur son autre sein, puis fit rouler son téton dur entre ses doigts, tandis qu'elle bougeait ses hanches, se frottant contre son sexe de plus en plus dur. Il ressentait plus que jamais l'envie de la pénétrer et, faisant glisser sa main le long de son ventre, il défit le bouton et la fermeture éclair de son jean. Par manque d'habitude, et sans terminaison nerveuse, il était maladroit, mais ce n'était pas le moment de tâtonner. Pour l'aider, elle souleva ses hanches, et il lui retira le jean, hésitant quand il atteignit ses pieds, car il avait oublié de lui retirer d'abord les chaussures.

Elle rit en découvrant la frustration sur son visage, et il finit par tirer son jean, retirant ses ballerines du même coup. Il était descendu du lit pour faire tout cela, et, genoux au sol, il la tira par les jambes pour l'amener jusqu'à lui et embrasser son sexe à travers sa culotte. Elle posa alors ses mains sur sa tête, le plaquant contre elle comme si elle voulait qu'il l'embrasse plus fort.

Elle était tellement mouillée qu'il crut un instant qu'elle allait jouir tout de suite. Il retira sa bouche et, doucement, délicatement, il glissa ses doigts sous le tissu trempé et les introduisit en elle. Elle bougeait de plus en plus. C'était comme si elle l'appelait, comme si elle le suppliait de venir en elle.

Il en mourait d'envie, mais il s'en sentait incapable. Pas cette fois.

— Beverly...

— Je t'en supplie, murmura-t-elle. Prends-moi...

— Je ne peux pas.

— Quoi ? s'étonna-t-elle en rouvrant les yeux. Tu veux dire que... Mais je pensais que les flammes...

— Non, les flammes n'ont pas atteint cette partie-là, la rassura-t-il. Mais je...

Il s'assit sur le matelas et elle fit de même, ramenant ses genoux sous son menton.

— Qu'est-ce qu'il y a ? lui demanda-t-elle, les yeux écarquillés.

Il garda les yeux rivés au sol, sans répondre.

— Oh... Griffin, excuse-moi. Je n'y ai même pas pensé. Est-ce que c'est la première fois ?

— Non, s'empressa-t-il de répondre. Mais je n'ai jamais... enfin...

Il hésita.

— Disons que c'est la première fois que je suis comme ça avec une femme, finit-il par avouer en la regardant.

Beverly ne comprenait pas ce qu'il voulait dire et le regarda avec confusion.

— Je veux dire, c'est la première fois que je suis aussi intime avec une femme, précisa-t-il.

— Mais tu viens de me dire que ce n'était pas la première fois...

— C'est vrai, mais la première fois, j'ai payé, admit-il. C'était il y a des années. Juste après le lycée.

— Et depuis ?

— Je l'ai fait en solo...

Depuis son accident, Griff n'avait jamais été en couple. Plus jeune, il avait trouvé une escort sur Internet. Cela n'avait pas été facile – il en avait vu quatre avant de trouver celle qui avait accepté de le dépuceler – ce qui n'avait pas arrangé le manque de confiance en lui. Elle avait à peu près son âge et avait su se montrer patiente et douce. Il l'avait vu cinq fois, jusqu'à ce qu'il décide qu'il voulait désormais coucher sans payer et que, s'il n'y parvenait pas, alors il préférait le faire tout seul. C'était ce qui s'était passé, d'ailleurs.

— Si je comprends bien, c'est presque comme une première fois ? lui demanda-t-elle avec un sourire espiègle.

— En quelque sorte, oui, concéda-t-il. Mais du coup, je ne suis pas très expérimenté et je ne suis pas du genre à avoir des préservatifs chez moi...

— Ah. D'accord, dit-elle, comprenant soudain ce qui le tracassait. J'en ai peut-être un dans mon sac à main. Et sinon... eh bien, ce sera pour la prochaine fois !

La perspective de devoir attendre la « prochaine fois » le décevait profondément, mais il ne pouvait pas faire autrement que de s'y plier. Néanmoins, il ressentit un profond soulagement lorsque, après être allée chercher son sac dans le salon, elle sortit un préservatif de sa trousse à maquillage.

— J'en ai toujours un, au cas où, se justifia-t-elle, un brin gênée.

— Ce n'est pas moi qui vais te juger, la rassura-t-il. Surtout que, pour le coup, j'en profite !

— C'est vrai ! rétorqua-t-elle en lui lançant le préservatif. Tu l'enfiles ?

Il hésita, car c'était la première fois qu'il allait mettre un préservatif tout seul. Mais la façon dont elle le regardait – sans prêter attention à ses cicatrices, comme si la chose la plus importante pour elle, à cet instant, était de le sentir en elle – était tellement excitante que même le fait de mettre le préservatif le rendait encore plus dur.

— J'ai tellement envie de toi, dit-il lorsqu'il eut fini, son corps brûlant de désir. J'ai besoin d'être à l'intérieur de toi. Maintenant.

CHAPITRE SEPT

J'AI besoin d'être à l'intérieur de toi. Maintenant.

Les mots de Griffin résonnaient en elle, faisant écho à son propre désir. Son propre besoin. Elle ne pouvait plus attendre. Elle le voulait plus que tout au monde, tout de suite. Vite et dur.

— Mets-toi sur le dos, lui demanda-t-elle.

Il s'exécuta tandis qu'elle retira sa culotte, puis elle le chevaucha. La sensation de sa peau rugueuse et cicatrisée contre ses cuisses lui paraissait intensément érotique. Faisant glisser une main entre ses jambes, elle saisit sa queue longue et dure et la caressa lentement.

— Touche-moi, murmura-t-elle en fermant les yeux, se concentrant sur la sensation de sa main sur sa verge.

Un doigt sur sa vulve, doucement, les yeux fermés et sa main sur sa queue, Beverly se frotta contre lui, savourant le frisson qui la parcourut. Elle était tellement excitée que son corps semblait s'emballer malgré elle, bougeant de plus en plus vite sur ses doigts timides, inexpérimentés, mais ô combien délicieux. Doucement, elle descendit légèrement sur lui jusqu'à sentir sa verge et elle continua de se frotter contre lui en l'embrassant fougueusement.

Contrairement à ce qu'elle aurait pensé, il ne la supplia pas de la pénétrer. Pas encore. Apparemment, il appréciait autant qu'elle de prendre son temps.

Il fit glisser sa main droite, la plus abîmée par les flammes, jusque sur son sein, et lui caressa le mamelon, provoquant en elle une onde de plaisir si intense qu'elle faillit jouir sur le champ.

— Jouis en moi, lui demanda-t-elle d'une voix rauque. Je veux te sentir à l'intérieur de moi. Maintenant...

— Moi aussi, rétorqua-t-il dans un souffle tandis qu'elle s'empala sur lui, s'enfonçant profondément jusqu'à ce qu'ils aient tous deux l'impression de n'être qu'un. Lorsqu'elle le sentit parfaitement au fond d'elle, elle se souleva et se baissa dans une danse tribale, passionnée, et chaude, tandis qu'il lui caressait le clitoris.

— C'est tellement bon, Bev, susurra-t-il. Je crois que je vais bientôt jouir...

— Moi aussi, répondit-elle en caressant son torse sans cesser de monter et descendre sur lui.

Mais, dans un dernier sursaut, il la fit basculer et la

plaça sur le dos, entièrement ouverte devant lui. La voir ainsi exposée l'excita au plus haut point, et il pénétra en elle avec une fougue qu'il n'avait jamais ressentie auparavant. Il la prenait avec une force inouïe, de plus en plus profondément, de plus en plus rapidement, jusqu'à ce qu'elle ne puisse plus résister. D'un seul coup, sans pouvoir faire quoi que ce soit pour l'éviter, elle fut submergée par un plaisir si intense qu'elle sentit des larmes couler sur ses joues. Elle l'entendit alors gémir et s'écrouler sur elle, vaincu lui aussi par le même plaisir, celui qui les transporta tous deux dans un autre monde.

Lorsqu'elle revint sur terre, elle se sentit en sécurité. Il était là, contre elle, et la protégeait.

———

Beverly fixait la cafetière, priant pour qu'elle fonctionne plus vite. Elle avait de boire un café. Griffin et elle étaient restés éveillés très tard dans la nuit. Elle ne le regrettait absolument pas, mais elle avait besoin de caféine pour se réveiller. Surtout si, comme elle l'espérait, ils devaient refaire l'amour avant de véritablement commencer leur journée.

Pourtant, cet espoir était contrebalancé par la crainte qu'elle ne pouvait s'empêcher d'avoir que Griffin se réveille avec des regrets. Non pas parce qu'ils n'étaient pas bien ensemble – elle avait le sentiment que, comme elle, il avait adoré être dans ses bras – mais à cause de ses peurs, de ces fichues cicatrices dont il ne parvenait pas à faire abstraction. Elle espérait de tout son cœur que la nuit qu'ils venaient de passer l'avait convaincu que cela n'avait pour elle aucune importance.

— Bonjour, beauté, lui dit-il en l'embrassant dans le cou.

Surprise, elle se tourna pour lui faire face, son sourire s'élargissant lorsqu'elle découvrit qu'il l'avait rejointe dans la cuisine vêtu uniquement d'un boxer et d'un t-shirt à manches courtes. Pas de sweat à capuche, pas de gants... Peut-être, en effet, que leur nuit ensemble avait eu l'effet qu'elle espérait ?

Son esprit la ramena quelques heures plus tôt, lorsqu'il était en elle, contre elle. Elle avait adoré faire l'amour avec lui, et elle espérait qu'il ressentait la même chose.

— Ça va ? lui demanda-t-elle en l'entourant de ses bras. Tu veux un café ?

Il acquiesça d'un léger signe de tête avant de déposer un rapide baiser sur ses lèvres. Ravie, elle se retourna et, se mettant sur la pointe des pieds, attrapa une tasse sur l'étagère du haut.

— Je crois que c'est l'un des meilleurs réveils de ma vie, lui dit-il. Même si je pense que tu devrais...

— Je t'en prie, ne me dis pas que je devrais y aller, laissa-t-elle échapper avec spontanéité.

Peut-être aurait-elle dû ne rien dire – la dernière chose qu'elle voulait était de lui faire pitié – mais elle n'avait pas envie de jouer. Avec Griff, elle voulait être sincère. Ne rien cacher.

— *Y aller* ? répéta-t-il en riant. Jamais de la vie, la rassura-t-il en passant ses bras autour de sa taille. J'allais simplement te dire que tu devrais mettre des sous-vêtements si tu envisages de travailler aujourd'hui...

Penaude, elle réalisa alors qu'elle n'avait enfilé que le t-shirt de Griff en sortant du lit, lui offrant certainement une vue magnifique sur ses fesses lorsqu'elle s'était étirée pour attraper la tasse.

— C'est tout ce qui est à l'ordre du jour aujourd'hui ? Le travail ? lui demanda-t-elle d'un air chargé de sous-entendus, tandis qu'elle lui versa une tasse de café.

— Tu as autre chose en tête ? lui demanda-t-il en prenant la tasse.

— Eh bien... Disons que j'ai trouvé ton lit très confortable, suggéra-t-elle.

— C'est vrai, dit-il posant la tasse sur la table. Mais il y a une chose que je voudrais savoir, ajouta-t-il en la regardant, son sourcil naturellement relevé lui donnant un air délicieusement espiègle.

— Quoi ? demanda-t-elle, soudain inquiète.

— Qu'est-ce qu'on fait ? demanda-t-il d'un ton qu'elle trouva à la froid et dur.

— Comment cela ?

Elle sentait son cœur battre la chamade.

— Qu'est-ce qu'on fait... ? répéta-t-il en plantant ses magnifiques yeux sombres dans les siens.

Elle ne voyait toujours pas où il voulait en venir.

— Je veux dire, est-ce que c'était l'histoire d'un soir ? Où est-ce qu'on va recommencer ?

— Oui, je t'en prie. Je meurs d'envie de recommencer, lança-t-elle en souriant, soulagée qu'il envisage cette éventualité.

— Pourquoi ? demanda-t-il alors, avec la même froideur.

— Griff, je ne comprends pas où tu veux en venir, lui dit-elle en fronçant les sourcils.

— Je veux simplement savoir où je mets les pieds. Ou, en tout cas, quelles sont nos intentions. Est-ce que nous sommes des *sex-friends* ? Ou sommes-nous plus que ça ?

Elle le regarda dans les yeux, n'osant lui donner sa réponse.

— Plus, finit-elle par répondre, tremblante.

— Plus comment ? insista-t-il d'une voix basse et intense.

— Plus... plus ! répondit-elle, maladroitement. Je veux tout ce que tu peux me donner, précisa-t-elle honnêtement. Je... Je pense sincèrement qu'il y a quelque chose entre nous. Quelque chose de vrai.

Il hocha la tête, et elle retint son souffle, attendant de

savoir s'il était d'accord ou s'il allait lui dire qu'il ne voulait rien de sérieux avec elle.

— Okay, finit-il par dire en se rapprochant, puis en prenant ses mains dans les siennes. Je le pense aussi.

Elle expira, avec un soulagement si palpable qu'il en était presque douloureux.

— Merci mon Dieu ! s'exclama-t-elle en riant.

Ils rirent ensemble puis se regardèrent dans les yeux avec intensité. Il avait l'air de tant l'aimer qu'elle en eut les larmes aux yeux.

Ils s'embrassèrent et, lorsqu'ils se séparèrent, elle soupira en regardant l'horloge.

— Nous avons dormi si tard que ça ? s'exclama-t-elle.

— Et pourtant..., nous avons si peu dormi !

Elle le regarda en souriant, décidant d'adopter la même insouciance que lui.

— Tu as des œufs ? lui demanda-t-elle. Je pourrais nous préparer une omelette pour le petit-déjeuner ?

— Et si je t'emmenais déjeuner à l'extérieur, plutôt ? proposa-t-il. Nous pourrions aller au Fix ?

— Oui, c'est vrai..., répondit-il, ne sachant pas si elle avait réellement envie de quitter le cocon dans lequel ils étaient. Mais pourquoi ne pas rester ici ? proposa-t-elle en retour.

— Peut-être parce que je veux te montrer ? suggéra-t-il. Ou peut-être que je veux *nous* montrer ?

Elle sentit son cœur exploser de joie dans sa poitrine.

— Dans ce cas, je file me préparer ! lança-t-elle en se précipitant dans la salle de bain.

————

À deux heures de l'après-midi, le Fix était presque vide, la plupart des clients qui y venaient pour le déjeuner étant déjà retournés au travail. Lorsqu'ils rentrèrent à l'intérieur, il n'y avait qu'une dizaine de personnes assises çà et là.

— Tu préfères au bar ou à une table ? demanda Griffin en lui prenant la main.

— Au bar ! répondit-elle sans hésiter, regardant en direction de Mina et Cam qui étaient en train de discuter derrière le comptoir.

À l'autre bout, Brent et Reece étaient penchés sur quelque chose qui ressemblait à un registre, tandis que, derrière eux, dans l'embrasure de la porte, Jenna, la main posée sur son ventre arrondi, parlait avec Tyree et sa fiancée, Eva.

— Salut, vous deux ! lança Cam en voyant Beverly et Griffin arriver. Vous êtes venus pour travailler, déjeuner, ou les deux ?

— Pour déjeuner et célébrer, répondit joyeusement Griffin en serrant la main de Cam. Le travail peut attendre.

— Célébrer ? s'enquit Cam d'un air malicieux. Vous

voulez dire le film ? Ou est-ce qu'il y a une autre grande nouvelle à Hollywood ?

— Arrête ! le réprimanda Mina. Tu ne te rends peut-être pas compte, mais vendre un scénario à un grand studio vaut...

Elle s'interrompit, découvrant la main de Griffin tenant celle de Beverly.

— Oh, mon Dieu ! s'exclama-t-elle, se précipitant vers Griffin pour le prendre dans ses bras.

— Oh, mon Dieu, quoi ? demanda Cam, qui ne comprenait rien.

Mais Mina l'ignora, prenant Beverly dans ses bras.

— Je suis tellement heureuse pour vous ! ajouta-t-elle, sincèrement heureuse.

Griff fit de son mieux pour ne pas broncher, mais il ne put réfréner son sourire.

— Attendez, les gars, dit Cam, clairement déconcerté. Qu'est-ce qu'il se passe, je ne comprends rien...

— Mais t'es idiot, ou quoi ? lui lança Mina en riant. Ils sortent ensemble !

La confusion de Cam laissa place à un large sourire.

— Vraiment ? s'enthousiasma-t-il.

— Oui, vraiment, répondit Beverly en riant, l'air heureuse.

— Wahou ! Mais c'est génial ! renchérit-il. Je vous offre un verre pour fêter ça !

— Je ne sais pas si j'ai bien fait de te nommer responsable du bar les week-ends, intervint Reece qui venait de se joindre au groupe avec un large sourire.

— Je crois plutôt que tu as pris la bonne décision, déclara Griffin. Ce garçon est là tous les jours de la semaine ! dit-il pour défendre Cam.

— On fête le couple de Griff et Beverly, expliqua Cam. Je soutiens la réputation grandissante de cet endroit en tant qu'alternative aux sites de rencontres sur Internet...

— C'est vrai ! confirma Mina. Tellement de couples se sont formés, ici... Bon, même si tout ne se passe pas à l'intérieur de ces murs, ajouta-t-elle en riant, avec un clin d'œil à Cam.

— Félicitations à vous deux, dit Reece à Griff et Beverly. Vous êtes ensemble depuis combien de temps ?

Griffin regarda avec amusement les joues de Beverly devenir roses.

— Je dirais... une vingtaine d'heures, répondit-il en riant.

— Et je peux te dire que c'était les vingt heures les plus chaudes de toute ma vie, dit Beverly à l'oreille de Mina, qui se mit aussitôt à rire.

— Je suis très heureuse pour vous deux, répondit Mina en chuchotant.

— Que célébrons-nous ?

La voix basse de Tyree résonna dans le bar tandis qu'il s'approcha d'eux, accompagné d'Eva. Jenna et

Brent rejoignirent à leur tour le petit groupe, et Jenna se blottit contre Reece qui plaça immédiatement, comme par réflexe, une main protectrice sur son ventre.

— L'amour ! lança Beverly en réponse à la question de Tyree. À nous ! déclara-t-elle en levant le verre de bourbon que Cam lui avait servi en direction de Griffin.

— À nous tous, dit Cam, en versant d'autres verres.

Griff sourit, se sentant enfin intégré aux nombreux couples qui se formaient dans ce bar. Cam et Mina. Tyree et Eva. Reece et Jenna. Désormais, lui et Beverly...

Seul Brent était encore célibataire parmi les personnes présentes ce jour-là. Mais il était trop absorbé par ce qu'il était en train de faire pour le remarquer et se sentir mal à l'aise.

— Eh, Brent ! lui lança Reece. Viens trinquer avec nous ! Nous sommes en train de porter un toast au nouveau couple de Griffin et Beverly...

— Oh, euh..., oui, bien sûr, balbutia-t-il, sortant de sa concentration. C'est fabuleux ! lança-t-il, semblant enfin comprendre les mots de Reece. Sérieusement ! Félicitations à vous deux !

— Merci, répondit Beverly.

— Et qu'est-ce que tu es en train de regarder avec autant de concentration ? lui demanda Reece.

— J'essaye d'en savoir un peu plus sur notre graffeur préféré, répondit Brent. Je suis en train de regarder comment régler les caméras de sécurité, car, pour le moment, seule la quatre nous a donné quelques images. Mais tout ce qu'on voit, c'est quelqu'un, probablement un homme, qui porte un jean noir, un sweat noir, et une casquette noire...

— Pourquoi ? Qu'est-il arrivé ? demanda Beverly.

— Des petits malins se sont amusés à recouvrir tout le côté est du bâtiment de graffitis, expliqua Tyree. Et on ne peut pas dire que ce soit le genre de graffitis particulièrement artistiques, ajouta-t-il avec une colère contenue, ce qui ne lui ressemblait pas.

Le Fix était situé dans un bâtiment historique d'Austin, à l'angle d'un pâté de maisons de la sixième rue. Il y avait donc une entrée sur la sixième rue, mais aussi un long mur avec seulement quelques fenêtres qui donnaient sur une ruelle.

— Nous allons les trouver et les arrêter, tenta de le rassurer Eva en posant sa main sur son bras. Brent est sur le coup...

— J'ai fait recouvrir les parties les plus vulgaires, déclara Brent. Et Reece a appelé un peintre en bâtiment pour refaire le mur. Mais on ne va pas s'amuser à refaire ça chaque fois que ces imbéciles ressentiront le besoin de s'exprimer... Il faut à tout prix que nous les empêchions de recommencer.

— Peut-être qu'ils l'ont fait une fois et qu'ils ne prévoient pas de recommencer ? suggéra Beverly.

— Je l'espère, répondit Brent. Mais je m'attends au pire…

Tandis qu'il parlait, la porte d'entrée s'ouvrit et Elena se précipita dans le bar. Grande, élancée, avec un visage magnifique et des cheveux noirs coupés très court, Beverly se dit que la fille de Tyree et Eva pourrait facilement être mannequin. Elle ressemblait à ses deux parents, dans un mélange absolument magnifique.

— Qu'est-ce qui ne va pas ? lui demanda Brent, inquiet.

— J'ai besoin de te parler, dit-elle à Tyree. Et à toi aussi, ajouta-t-elle en direction de Brent, qui fronça les sourcils. C'est à propos du bar et du Centre d'Austin pour la conservation et la revitalisation du centre historique. C'est important, conclut-elle d'un air grave.

— Bien sûr, dit Brent en lui prenant, et en jetant un coup d'œil vers Tyree. Nous pouvons parler maintenant, ajouta-t-il, faisant signe à Jenna et Reece de les suivre.

Griffin fronça les sourcils, se demandant ce qui se passait. Il était sur le point de demander si Cam avait un indice quand la porte s'ouvrit à nouveau. Cette fois, c'était Megan.

— C'est vrai ? lança-t-elle avec un large sourire. Jenna vient de m'envoyer un texto et…

Elle s'arrêta net en découvrant que Beverly était dans les bras de Griff.

— Oh mon Dieu ! Enfin ! ajouta-t-elle, faisant rire Beverly.

— Je suis complètement d'accord avec toi, dit-elle. Et, en même temps, j'ai l'impression que nous avons choisi le pire moment...

— Comment cela ? lui demanda Griffin en fronçant les sourcils.

— Je dois partir demain matin pour Los Angeles. Il y a la première de *Crypto Games*, tu te souviens ? Je vais être coincée là-bas environ une semaine, entre les interviews, les plateaux télé, les séances photos... tout ce que j'aime, quoi ! soupira-t-elle. Enfin, je ne veux pas avoir l'air de me plaindre. J'adore mon travail. Mais j'aurais préféré rester...

— Mais pourquoi tu ne l'accompagnes pas ? demanda Megan à Griff. Ce serait l'occasion de voir ta famille à Los Angeles. Et puis, tu peux travailler d'où tu veux, non ?

— Mais c'est une idée géniale ! s'enthousiasma Beverly en se tournant vers Griff. Tu pourrais même venir à la première avec moi, et...

Elle s'interrompit, voyant, à son air, qu'il ne semblait pas apprécier l'idée autant qu'elle.

— Oui, bon... Tu n'es pas obligé de m'accompagner à la première, corrigea-t-elle. Mais ce serait formidable que tu viennes avec moi ; nous pourrions retrouver le soir, et...

— Je vais venir, l'interrompit Griff en serrant sa main dans la sienne pour la calmer. Mais, en effet, peut-être pas à la première. J'ai eu le droit à une projection privée avec la star du film, j'ai peur qu'une première me paraisse totalement banale après cela, plaisanta-t-il.

Puis, autant pour dissimuler son anxiété que parce qu'il en mourait d'envie, il se pencha vers elle et l'embrassa doucement, sous les regards attendris de Cam, Mina et Megan.

CHAPITRE HUIT

GRIFFIN REGARDAIT Beverly jongler avec une série d'appels téléphoniques tandis qu'ils roulaient dans la limousine qui les conduisait de l'aéroport au *Stark Century Hotel*, un cinq étoiles au cœur de Century City, à quelques minutes du cinéma dans lequel devait avoir lieu la première.

— Non, disait-elle à son attachée de presse qui organisait la séance photo. Je peux passer à la boutique pour un essayage, mais je tiens à m'habiller et à me maquiller à mon hôtel.

Elle fit une pause pendant que l'autre répondait, et regarda Griffin avec un air désolé.

— Très bien, reprit-elle. Dis-moi juste à quelle heure tout le monde arrive.

— …

— Parfait. Génial ! Cela me laissera suffisamment de

temps pour retrouver Chris et rencontrer les journalistes avant l'arrivée sur le tapis rouge.

Elle termina la conversation, puis, dès qu'elle eut raccroché, se laissa tomber sur le siège en soupirant.

— Je suis vraiment désolée, dit-elle à Griffin. Le timing est super serré, et il faut dire que je n'ai pas arrangé les choses en choisissant d'arriver le jour même...

— Pas de problème, la rassura Griffin en souriant. Je connais... Ma sœur a fait une première aussi, tu te souviens ?

Danseuse de profession, Kelsey avait été révélée au grand public en posant pour celui qui était depuis devenu son mari et qui avait une série de photos érotiques devenues célèbres. Cela avait permis à Kelsey d'obtenir le premier rôle dans l'adaptation cinématographique d'une comédie musicale primée aux Tony, *L'autre côté de Jupiter*.

— Ah oui, c'est vrai ! se souvint Beverly. J'avais adoré le film, d'ailleurs. Ta sœur vit ici, n'est-ce pas ?

— Oui. Je me suis d'ailleurs dit que je pourrais dîner avec elle, ce soir, pendant que tu seras à la première.

Il la regarda, essayant de lire sur son visage si elle était fâchée ou non qu'il ne l'accompagne pas. Il espérait qu'elle ne l'était pas, car il détestait ces soirées hollywoodiennes. Il en avait fait beaucoup à une époque – toutes organisées par son ami Bird, qui avait également été son agent lorsqu'il était doubleur. Heureusement, ce n'était pas des soirées trop guindées, et il n'avait pas besoin d'y aller trop habillé ni d'y rester trop longtemps. Pourtant, malgré cela, il avait été soulagé lorsqu'il ne fut plus obligé d'y participer.

Il savait que la première d'un film était en fait l'occasion pour toutes les caméras de Los Angeles de se retrouver, et il redoutait plus que tout d'être ainsi placé sous les feux de la rampe. Jusque-là, sa notoriété très limitée l'avait préservé, mais, avec *Justice cachée*, il risquait de devoir se frotter à nouveau aux regards et aux flashs...

Il préférait ne pas y penser.

— Nous sommes arrivés, lui dit Beverly alors que la limousine s'arrêta. Ça va ? J'ai l'impression que tu regrettes d'être venu ? lui demanda-t-elle en lui prenant la main.

— Pas du tout, la rassura-t-il en serrant sa main. Je pensais simplement que dans un avenir pas trop lointain, nous aurons notre propre première, ajouta-t-il en souriant.

Il pensait que ces mots la feraient sourire, mais elle le regarda d'un air grave.

— Quoi ? lui demanda-t-il en fronçant les sourcils.

— Je... Je suis désolée, balbutia-t-elle. C'est juste que... Mais je ne veux pas... Bref, tant pis, laisse tomber !

— Beverly..., qu'est-ce qu'il y a ?

— Rien, répondit-elle. Je veux simplement que tout cela soit agréable pour toi, pour nous deux. C'est tout...

Il fut sur le point de lui demander ce qu'elle voulait dire, mais le chauffeur les interrompit en ouvrant la portière. C'était mieux ainsi. En fait, il avait compris ce qu'elle avait voulu dire : elle aurait aimé qu'il l'accompagne sur le tapis rouge. Mais ce soir-là, elle allait à la première de son film *à elle*. Il n'avait pas sa place à ses côtés, et son absence était donc justifiable. En revanche, *Justice cachée* était un projet dans lequel ils étaient tous les deux impliqués. Comprendrait-elle aussi bien qu'il ne veuille pas y assister ?

Il préféra ne pas réfléchir à cette question pour le moment, tant il avait horreur des mondanités, des tapis rouges, et, surtout, des caméras et appareils qui capturaient si cruellement son apparence alors que lui refusait de la voir. Pourtant, il savait que cela serait un passage obligé – plus son film aurait du succès, plus il serait la cible des journalistes. Il y aurait des articles sur Internet, des photos sur les réseaux sociaux, des fuites sur son passé, et notamment son passé de grand brûlé – avec, il n'en doutait pas, des interviews de médecins et d'infirmiers qui l'avaient soigné après son accident. Les différents protocoles expérimentaux qu'il avait suivis seraient révélés. Son travail serait analysé sous toutes les coutures, et les spécialistes du cinéma s'improviseraient alors psychiatres, faisant un parallèle avec son goût pour les anti-héros, abîmés physiquement ou émotionnellement, qui parvenaient, d'une manière ou d'une autre, à trouver la rédemption.

Il avait déjà l'impression qu'il serait comme enfermé dans une boule à neige que le monde extérieur prendrait un malin plaisir à agiter, en le scrutant et en le montrant du doigt comme s'il n'était qu'un simple objet.

— ... tu n'es pas d'accord ?

— Pardon... Quoi ?

Elle lui lança un sourire indulgent.

— Je disais que c'est l'un de mes hôtels préférés ici, à Los Angeles.

Il ne put qu'être d'accord avec elle, surtout lorsqu'ils découvrirent leur suite somptueuse, située au dernier étage, offerte par le studio.

— C'est magnifique ! s'exclama-t-il en la tirant vers lui et en admirant la vue imprenable qu'ils avaient sur l'océan. Je devrais sortir avec des stars de cinéma plus souvent, la taquina-t-il.

— Tant qu'il s'agit de moi, je n'ai aucune objection, rétorqua-t-elle avec amusement.

Elle se blottit ensuite contre lui et lui sourit. Il avait retiré son sweat à capuche dès que le groom les avait laissés seuls, et il ne portait plus qu'un t-shirt noir uni, le visage et le cou non entièrement découverts. Elle prit son visage dans sa main et, même s'il ne pouvait pas sentir ses doigts sur la partie brûlée de sa joue, il sentit la douceur de sa peau contre sa mâchoire, et il sentit sa queue devenir dure instantanément.

— Attention, la prévint-il. J'ai cru comprendre que tu n'avais pas beaucoup de temps...

— Je ne savais pas que ma main était si excitante, lui lança-t-elle avec un sourire provocant.

— Tout en toi m'excite, dit-il. Tu le sais, non ?

— Oui, je crois avoir compris, répondit-elle en déposant un rapide baiser sur ses lèvres, comme un avant-goût de la nuit qu'ils allaient passer ensemble. D'ailleurs, je ressens exactement la même chose, ajouta-t-elle en le regardant droit dans les yeux, avec une sincérité qui le fit fondre.

Doucement, elle se dégagea de son étreinte.

— Je dois y aller, dit-elle avec regret. J'ai un essayage en moins d'une heure.

— Et ensuite ?

Son rire emplit la pièce.

— Ensuite... Coiffure et maquillage ici, avant de rejoindre les journalistes dans les salles de conférence de l'hôtel pour une série d'interviews. Après quoi je remonte ici pour me changer et aller à la soirée de première. Et toi ?

Elle le lui posait la question sans aucune amertume ni déception, mais il sentait néanmoins qu'elle était déçue qu'il ne l'accompagne pas.

— Tu es sûr que ça va aller ?

— Tu oublies que j'ai vécu ici, la rassura-t-il.

— C'est vrai... Donc, tu vas voir ta sœur ? Des amis ? Tu sais qu'il y a un restaurant et un bar très sympas dans l'hôtel ?

— Ne t'inquiète pas pour moi, vraiment, lui dit-il en lui prenant la main. Je dois rejoindre ma sœur pour le dîner, mais je te promets que je serai là à ton retour.

— Je n'irai pas au cocktail ; je rentrerai directement ici après la fin du film. J'ai tellement hâte de te retrouver...

— Moi aussi. Mais il s'agit de ton travail – fais ce que tu dois faire. On a toute la nuit pour nous...

— Je n'ai jamais autant aimé la nuit, lui dit-elle en souriant.

Son téléphone portable sonna. Elle alla le prendre et leva les yeux au ciel en découvrant qui l'appelait.

— Mon attachée de presse, soupira-t-elle. Elle doit être en bas. Je dois y aller, lança-t-elle en l'embrassant une dernière fois. On se voit tout à l'heure !

Lorsqu'elle fut partie, il décida de profiter de la chambre. Il alluma la télévision grand écran et alla chercher une bière dans le réfrigérateur, s'installant dans le canapé confortable en attendant sa sœur qui devait le rejoindre.

Comme à son habitude, Kelsey arriva au pire moment, en plein milieu de la scène d'action finale.

— Pas un mot, pas d'embrassade. Pas de mise à jour.

Rien avant la fin du film ! lança-t-il en lui ouvrant et en retournant immédiatement devant la télévision.

Elle rit en levant les yeux au ciel, puis s'installa à côté de lui sur le canapé, se concentrant sur le film. Mais, à la seconde où ce fut fini, elle poussa un cri de joie et se jeta à son cou.

— Tu m'as tellement manqué ! s'exclama-t-elle. Heureusement que tu es venu cette semaine, car la semaine prochaine, nous ne sommes pas là...

— Vous partez encore ? lui demanda-t-il d'un air stupéfait. Vous devriez lever un peu le pied, non ?

— Non, pourquoi ? Nous adorons parcourir le monde. C'est formidable de pouvoir voyager et travailler ensemble, et le nouveau spectacle de Wyatt est incroyable, dit-elle avec enthousiasme. C'est comme si nous travaillions le jour, et que nous vivions notre lune de miel la nuit...

— Beau programme, en effet, commenta-t-il, avec une pointe de jalousie.

Lorsque sa sœur avait rencontré Wyatt, il avait été très heureux pour elle. Ou plutôt, d'abord inquiet, puis heureux. Mais quand il comprit que leur histoire était sérieuse, il n'avait pu s'empêcher de les envier. Lui aussi aurait aimé être amoureux et trouver la femme parfaite. Bien sûr, il l'avait désormais trouvée, mais cela n'enlevait pas son handicap. Or, il aurait aimé vivre avec la même légèreté et liberté que sa sœur.

— Qu'est-ce qu'il y a ? lui demanda-t-elle.

Ils se connaissaient si parfaitement bien, qu'elle savait dès que quelque chose n'allait pas chez son frère, ou qu'il lui cachait quelque chose.

— Rien, répondit-il. Je pensais juste à Beverly.

— Alors, c'est sérieux ? lui demanda-t-elle avec une curiosité non feinte.

— Je crois oui. Je pense que nous voulons tous les deux quelque chose de sérieux.

— Tu *crois* ?

— Non, je suis sûr, se corrigea-t-il avec un sourire. Elle le veut autant que moi.

— En tout cas, elle a l'air d'être une femme intelligente avec beaucoup de goût si elle a craqué pour toi !

Il rit. Kelsey avait toujours été sa plus grande supportrice.

— C'est la première de *Crypto Games* ce soir, n'est-ce pas ?

— Oui. Vous y allez ? lui demanda-t-il.

Le mari de Kelsey, Wyatt, était très implanté dans le milieu hollywoodien et avait des invitations pour toutes les fêtes et premières qui était organisées.

— Non... Nous avons été invités mais avons refusé, répondit Kelsey. Mais je connais beaucoup de gens qui y vont, dit-elle en nommant plusieurs noms de personnes célèbres. Je préférerais passer une soirée tranquille, mais si tu veux y aller, je suis d'accord...

— Non, l'interrompit-il en secouant la tête. On reste ici, si ça te va ?

— Oui, ça me va, répondit-elle en observant son frère. Mais je trouve étrange que tu n'aies pas envie de l'accompagner... d'être avec elle.

— Mai je meurs d'envie d'être avec elle ! répondit-il.

— Alors pourquoi ne pas le lui montrer ?

Griff ne répondit rien, et elle décida d'aborder le sujet autrement.

— Je comprends que tu sois nerveux. Mal à l'aise. Mais, elle, est-ce qu'elle aurait aimé que tu sois avec elle ?

— Elle comprend pourquoi je ne veux pas y aller, répondit-il.

— Ce n'était pas ma question, dit-elle en le regardant avec son air de grande sœur. Je t'ai demandé si elle aurait aimé que tu sois avec elle sur ce tapis rouge ?

Il soupira.

— Oui, je crois...

— Et toi tu préfères la laisser aller seule à ce qui est certainement l'une des soirées les plus importantes de sa carrière ? Car on est d'accord qu'elle est en train de faire la promotion de son premier grand rôle...

— Kelsey...

— Quoi, Kelsey ? Ne me dis pas que tu ne sais pas que cette soirée est importante pour elle ?

— Bien sûr que je le sais, admit-il, la tête baissée.

— Alors sois là pour elle ! s'exclama Kelsey.

— Mais je n'ai aucune envie d'être sur ce tapis rouge et de voir ensuite des photos de moi partout dans les journaux. Ce n'est pas mon truc, Kelsey, tu le sais...

— Oui, je sais, répondit-elle avec compassion.

— Si encore je pouvais porter un sweat à capuche, ajouta-t-il.

Peinée pour lui, elle le regarda un instant sans rien dire, puis un sourire se dessina sur ses lèvres.

— Attends ! j'ai une idée, lança-t-elle. À quelle heure est-ce que Beverly revient pour se changer ?

— Vers six heures, je crois. Pourquoi ?

Elle le regarda avec un immense sourire et des étincelles dans les yeux, comme lorsqu'ils étaient petits et qu'ils préparaient à faire une bêtise.

— C'est parfait. Cela nous laisse juste assez de temps...

CHAPITRE NEUF

À LA SECONDE où les portes de l'ascenseur se refermèrent, Beverly perdit son sourire, soulagée d'être enfin seule et à l'abri des regards. Elle avait passé deux heures à répondre à des questions toutes plus banales les unes que les autres, posées par des journalistes que son attachée de presse avait invités, parmi ceux qu'elle considérait comme les plus importants dans le milieu.

À présent, tout ce qu'elle voulait était de rentrer dans sa chambre et de s'allonger sur son lit pour reprendre des forces avant la soirée. Elle rêvait de se blottir contre Griffin et de retrouver la sensation de ses mains sur elle.

Elle n'avait cessé de penser à lui durant toute l'après-midi. À tel point que, durant une interview, elle s'était complètement perdue dans ses pensées et que son partenaire de jeu, qui répondait aux questions avec elle, avait dû lui donner un coup de pied sous la table pour la ramener à la réalité.

Elle se réjouissait de pouvoir enfin profiter des quinze minutes de temps libre qu'elle avait avant que la robe n'arrive, avec le coiffeur et le maquilleur. Parfois, son métier lui donnait l'impression d'être une princesse, mais, certains jours, elle se sentait épuisée et aurait aimé pouvoir quitter la notoriété et se dérober à ses obligations permanentes. Elle aurait donné n'importe quoi pour pouvoir rejoindre Griffin, regarder un film avec lui, et faire l'amour à la lumière des bougies, sans avoir à regarder sa montre.

Malheureusement, ce n'était pas ce qui l'attendait ce soir-là. *Crypto Games* marquait un tournant dans sa carrière, et cette première était d'une importance capitale pour elle.

D'ailleurs, même si elle le comprenait, elle ne pouvait s'empêcher d'être déçue que Griffin ne l'accompagne pas. Un sentiment qui s'accompagnait également de peur – la peur de revivre l'échec de ses parents dont le couple n'avait pas résisté à la distance à la fois émotionnelle et physique qui s'était petit à petit installée entre eux.

Son père avait été pilote long-courrier, et sa mère, femme au foyer. Beverly avait toujours vu sa mère boire, et elle avait compris, par la suite, qu'elle buvait pour

oublier les infidélités de son mari qui – en parfait pilote –
avait une femme dans chaque port.

Après le divorce de ses parents, la mère de Beverly
lui avait dit qu'aucun homme ne valait la peine qu'on
l'aime. Beverly ne savait pas si c'était vrai ou non, mais
avec Griffin, elle avait le sentiment de ne pas pouvoir s'en
empêcher. Elle était tombée éperdument amoureuse de
lui, et elle avait le sentiment que cela était réciproque.

Mais elle se souvenait aussi que sa mère lui avait
souvent raconté qu'au début, elle et son père avaient eux
aussi été éperdument amoureux. Mais le temps, la
distance, la routine, avaient peu à peu eu raison de leurs
sentiments, jusqu'à ce qu'ils n'aient d'autre choix que de
se séparer.

Était-ce ce à quoi elle devait s'attendre avec Griffin ?

Non, se dit-elle. Sa relation avec Griffin était complètement différente de celle de ses parents. Il était là pour
elle, elle le savait. S'il ne l'accompagnait pas à la première,
c'est parce qu'il avait de bonnes raisons, mais cela ne l'empêchait pas d'être là lorsqu'elle rentrerait et de l'écouter.

Pourtant...

Au fond d'elle, elle se dit qu'elle ne voulait pas
simplement lui raconter ce qu'il se passait dans sa vie ;
elle voulait vivre les choses avec lui. Mais elle ne pouvait
pas non plus le supplier. Après tout, il avait l'effort de
venir avec elle à Los Angeles ; c'était déjà beaucoup...

Perdue dans ses pensées, elle descendit de l'ascenseur et se dirigea vers leur chambre, priant pour que le maquilleur et le coiffeur soient en retard, et qu'elle ait quelques minutes de plus avec Griff. Elle inséra sa carte dans la serrure magnétique, poussa la lourde porte, puis entra dans le hall somptueux de la suite.

— Bev ?

— Oui, c'est moi, répondit-elle. Tu es...

Elle s'interrompit en le voyant apparaître devant elle.

— Griffin ? s'étonna-t-elle en découvrant sa tenue, les yeux écarquillés.

— Est-ce que ton invitation pour t'accompagner à la première de ce soir tient toujours ?

— Bien sûr, mais...

Elle s'interrompit, luttant contre une envie d'exploser de rire.

— Je me suis dit que, puisque je ne pouvais pas porter mon sweat à capuche, je pourrais mettre ça..., reprit-il. Qu'est-ce que tu en penses ? lui demanda-t-il en tournant sur lui-même.

Elle sentit des larmes lui piquer les yeux, émue qu'il ait fait ça pour elle, qu'il ait fabriqué une tenue adaptée pour cacher ses cicatrices et oser l'accompagner à la première.

Doucement, il s'approcha d'elle. Elle étudia l'élégant costume de soie, le col de sa veste, le gant noir qui couvrait sa main droite, et la perruque qu'il portait, dont le côté droit, tombant comme un rideau sur son visage, cachait ses cicatrices. Le chapeau de feutre gris foncé, qu'il avait légèrement incliné sur sa tête, apportait une couverture supplémentaire, ainsi que ses lunettes de soleil qui dissimulaient les cicatrices autour de ses yeux.

Il ressemblait à un personnage de l'une de ses histoires, un justicier blessé prêt à tout pour sauver le monde. Certes, il avait l'air un peu ridicule avec sa perruque et son col relevé, mais elle le trouva incroyable et se sentit plus amoureuse de lui que jamais.

— Tu as fait ça pour moi ? demanda-t-elle, la gorge serrée.

— Pour nous, précisa-t-il avec un sourire, en la prenant dans ses bras. C'est un peu bizarre, je sais... Tu crois que tu vas accepter d'être vue avec moi dans cette tenue ?

Elle était trop émue pour parler, mais fit oui de la tête, des larmes roulant sur ses joues.

— Heureusement qu'un maquilleur doit venir, dit-elle en riant et séchant ses larmes. Tu es sûr de vouloir m'accompagner ?

— Sauf si tu as prévu d'y aller avec quelqu'un d'autre...

— Mais non, tu le sais bien ! répondit-elle en se blottissant contre lui.

Elle n'aurait accepté d'être accompagnée par personne d'autre que lui. Aucun autre homme n'aurait été capable de faire ce que Griffin s'apprêtait à faire pour elle.

— Qu'est-ce qui t'a fait changer d'avis ? demanda-t-elle.

— Le fait de penser à toi. Et aussi la sagesse de ma sœur, répondit-il.

— La sagesse de ta sœur ?

— Oui... Quand je lui ai dit que j'avais décidé de ne pas t'accompagner, elle m'a en quelque sorte traité d'idiot. C'était un peu rude de sa part, mais, finalement, elle a bien fait...

— J'ai hâte de la rencontrer ! dit Beverly, pleine de reconnaissance pour la sœur de Griff.

— Bientôt... Mais, pour le moment, je veux que tu m'embrasses.

— Surtout que c'est le bon moment, répondit-elle. Une fois que je serai maquillée, je ne pourrai plus. Il faut que mon maquillage soit intact...

— Tellement contraignant..., grogna-t-il avant de l'embrasser.

Lorsqu'il se détacha d'elle, elle tira une mèche de sa perruque.

— Ça te plaît ? lui demanda-t-elle, amusée.

— Si ça me permet de rester à côté de toi, j'adore ! répondit-il avec un grand sourire. Par contre, reprit-il d'un air soudain sérieux, je veux que personne ne sache que c'est moi. Je ne veux pas faire la une des magazines ni lire toutes sortes de choses sur moi... Je ne peux pas...

— Je comprends, le rassura-t-elle. Je suis déjà tellement contente que tu viennes avec moi, lui dit-elle en se serrant contre lui, rassurée de voir que son histoire avec Griff était différente de celle qu'avaient vécue ses parents.

— Moi aussi je suis content, dit-il. Cela me rendait malade de te laisser aller seule là-bas.

— J'ai l'impression que toi et moi, nous sommes bien partis, lui dit-elle en le regardant droit dans les yeux.

———

Une bande de satin bordait les deux côtés du tapis rouge qui recouvrait les marches du cinéma du Grove, en plein cœur de Los Angeles, où était organisée la première de *Crypto Games*. Les fans et les paparazzi se pressaient de chaque côté, tous essayant d'obtenir un autographe ou un regard pour une photo.

Griffin monta les marches, Beverly accrochée à son bras.

Elle était plus belle que jamais. Ses cheveux noirs ramassés en chignon sur le sommet de sa tête, un fil doré glissé dans ses cheveux reflétant la lumière à la manière d'un halo. Sa robe moulante sans bretelles mettait en valeur sa silhouette parfaite, la fente au niveau de ses cuisses révélant ses magnifiques jambes élancées. Quant à son maquillage, il était impeccablement réussi, lui donnant l'air sophistiqué des grandes stars qui avaient fait l'âge d'or du cinéma hollywoodien. Elle était si splendide que Griffin n'arrivait toujours pas à croire qu'elle soit à son bras.

Elle montait les marches à côté de lui, saluant la foule et envoyant des baisers aux fans. Griffin, quant à lui, gardait la tête baissée, davantage concentré sur la texture du tapis que sur les fans, le décor, ou les tenues des autres stars qui se trouvaient autour d'eux.

Quelques fans – ou journalistes ? – demandèrent à Beverly qui était à son bras. Mais elle se contenta d'ignorer les questions, ou de répondre qu'il était son amant secret. Cette réponse flattait son ego, mais il craignait également qu'elle n'éveille la curiosité et que tout le monde se mette en quête de découvrir qui il était. Il espérait que cela ne compromettrait pas son bonheur naissant avec Beverly.

— Ça va ? lui demanda-t-elle alors qu'ils approchaient du haut des marches et rejoignaient l'équipe complète du film pour la séance photo traditionnelle.

— Très bien, mentit-il.

Lorsque les acteurs et l'équipe technique se réunirent pour la photo, la plupart avec leur escort, Griffin lâcha le bras de Beverly, refusant d'apparaître sur la photo. Christopher Deaver, un grand bellâtre aux cheveux poivre et sel, profita de l'occasion et prit Beverly par le bras.

— Tu es magnifique ! lui dit-il en l'embrassant sur la joue – ce qui déclencha chez Griffin un vif sentiment de jalousie.

Christopher resta aux côtés de Beverly durant toute la séance photo, la tenant par la taille comme s'ils étaient ensemble.

— Bon, je suppose que je dois te laisser retourner vers celui qui t'accompagne ? lui dit-il après les photos, jetant un coup d'œil en direction de Griffin. Dommage que tu ne sois pas seule ; j'aurais adoré t'avoir à mon bras, ajouta-t-il.

— Toujours aussi flatteur, à ce que je vois, lui dit-elle avec un sourire réprobateur. Heureusement que tu es un réalisateur hors pair

— Non, je le pense vraiment, répondit-il, mais merci pour le compliment ! conclut-il en lui baisant la main et en faisant un léger signe de tête à l'attention de Griffin, avant de disparaître à l'intérieur du cinéma où se tenait une courte réception avant le début du film.

Beverly rejoignit Griffin qui avait du mal à dissimuler sa jalousie et son irritation. Lorsqu'ils furent à l'intérieur, il but plusieurs verres de vin pour tenter de se calmer.

— Tout va bien ? lui demanda-t-elle, les sourcils froncés.

— Très bien, répondit-il un peu trop sèchement. Je profite simplement des rafraîchissements...

Elle le regarda avec perplexité et il regretta immédiatement le ton avec lequel il venait de lui parler. Il regretta d'ailleurs toute la dernière demi-heure. Il n'était pas habitué à la jalousie, probablement parce qu'il ne s'était jamais suffisamment attaché à une femme pour avoir peur de la perdre. Mais avec elle...

Il n'en revenait pas de la rapidité avec laquelle il l'avait considérée comme lui étant acquise. Et la voir ainsi touchée par un autre homme ne fit que lui rappeler qu'elle ne l'était pas, et qu'il pouvait la perdre à tout moment.

— Regarde ! s'exclama une voix féminine derrière lui. Ce n'est pas Damien Stark ?

Griffin se retourna, puis suivit la direction du regard de la femme. Effectivement, le célèbre milliardaire était là, accompagné de sa magnifique épouse, Nikki, à seulement quelques mètres de lui et Beverly. Confiant et imposant, l'ancien joueur de tennis devenu milliardaire, et PDG de Stark International, se comportait comme s'il était propriétaire des lieux – ce qui, pensa Griffin – était probablement le cas.

— Je le connais, déclara Griffin. Nous devrions peut-être aller le saluer ?

— Je ne pense pas que cela soit une bonne idée, répondit Beverly. Pas maintenant.

Il tourna vers elle, rendu agressif par son sentiment d'insécurité.

— Qu'est-ce qui ne va pas avec toi ? s'emporta-t-il. Tu ne m'as pas présenté Deaver. Tu ne veux pas aller saluer Stark. Tu regrettes d'être venue avec moi, c'est ça ? Tu as honte de ma tenue ?

Pendant une seconde, elle le regarda bouche bée. Puis elle le prit par le bras et le tira à travers le hall jusqu'à ce qu'ils se retrouvent dans une alcôve isolée, sans personne.

— Qu'est-ce qui te prend ? s'emporta-t-elle à son tour.

— Ce qui me prend ? Je n'ai pas apprécié que Deaver mette ses mains partout sur toi comme si vous étiez ensemble, figure-toi ! Comme si je n'existais pas...

Elle croisa les bras sur sa poitrine, et le regarda avec l'air de le trouver complètement puéril.

— Espèce d'idiot ! siffla-t-elle. Tu voulais quoi ? Que je te présente le futur réalisateur de ton film, mais sans pouvoir lui dire qui tu étais en retour ? Pour ta gouverne, sache que je me suis dit qu'il valait mieux que je te le présente un jour où tu ne serais pas déguisé ; ou tu serais toi. Avec ton sweat à capuche, mais *toi* !

— Mais je *suis* moi, protesta-t-il, toujours rongé par son sentiment de jalousie. À qui est-ce que tu penses être en train de parler, là, maintenant ?

Elle le fixa avec un mépris qui le désarma.

Il soupira, s'avouant vaincu.

— Tu as raison. Je suis désolé. Mais voir que tu plaisais tellement à ce type m'a rendu fou de jalousie.

— Mais je n'y suis pour rien ! lâcha-t-elle, soudain émue.

— Je sais, je sais... Mais c'était plus fort que moi.

Il se turent quelques secondes, et elle finit par lui prendre la main, attendrie.

— Remarque, c'est flatteur, lui dit-elle avec un sourire. Et tu sais, si je n'ai pas voulu aller saluer Stark, c'était pour t'éviter de devoir lui expliquer pourquoi tu es dans cette tenue, et de lui faire jurer ensuite de garder le secret... Honnêtement, Griffin... Ta mascarade n'est pas facile à gérer, tu sais.

— Je sais, je suis ridicule, admit-il.

Il leva les yeux vers elle, espérant de tout son cœur qu'elle n'allait pas lui dire qu'il était en effet, avant de tourner les talons et de le quitter. Mais, à son grand soulagement, elle lui prit la main et la serra dans la sienne.

— Viens là, dit-elle en l'attirant vers elle. Tu n'as aucune raison d'être jaloux, tu sais ? ajouta-t-elle avant de l'embrasser tendrement.

Il sentit sa queue se durcir et souhaita que le film soit déjà terminé.

— Beverly..., murmura-t-il.

Mais elle ne lui laissa pas le temps de terminer et l'embrassa, mêlant sa langue à la sienne et mordillant sa lèvre, dans un baiser à la fois sauvage et passionné. Elle prit sa main et la fit glisser le long de sa cuisse, la faisant remonter jusque sous sa jupe, au niveau de son sexe uniquement recouvert d'un minuscule string. Il gémit contre sa bouche, luttant contre l'envie d'introduire un doigt en elle. Seule la crainte que quelqu'un ne les surprenne l'en empêcha.

— Je suis à toi, murmura-t-elle en retirant sa main. Tu le sais, n'est-ce pas ?

— Oui, je le sais, confirma-t-il d'une voix rauque. Et quand nous rentrerons à l'hôtel, tout à l'heure, je te promets que je prendrai ce qui est à moi.

CHAPITRE DIX

— OUI ! cria Beverly tandis que Griffin s'enfonçait en elle, de plus en plus profondément et de plus en plus vite, jusqu'à la faire jouir si fort qu'elle eut l'impression que tout son corps se dispersa.

— C'est tellement bon, gémit-elle tandis qu'il s'effondrait sur elle. C'est vraiment la meilleure partie de la soirée, ajouta-t-elle en caressant doucement son dos. Même si j'ai adoré te voir dans ce costume, je crois que je préfère quand tu es comme ça...

Il roula sur le côté en souriant, et elle se blottit, traçant avec son doit la ligne de ses cicatrices sur son torse. Elle aimait le toucher, et plus encore qu'il la laisse l'explorer. Qu'il se sente suffisamment à l'aise avec elle pour la laisser entrer dans son intimité. Cela lui donnait véritablement le sentiment qu'ils étaient vraiment sur la bonne voie.

— Beverly..., lui dit-il pour lui signifier qu'il préférait qu'elle retire sa main.

Elle se pencha pour l'embrasser, dissimulant son sourire. Il venait de lui accorder quelques instants précieux – c'était une belle preuve d'amour.

— Cela fait partie de qui tu es, Griffin, lui dit-elle en acceptant de retirer sa main, mais refusant de reculer devant la conversation. Cette peau, ce corps... Ils t'appartiennent depuis que tu as douze ans. Ils font partie de toi, et je les aime, parce que je t'aime, *toi*.

— Tu m'aimes ? répéta-t-il en la regardant avec émerveillement.

— Je... Je ne voulais pas dire ça à voix haute, je suis désolée, s'excusa-t-elle.

— Mais tu le penses vraiment ? la pressa-t-il.

Elle se lécha les lèvres, gênée d'avoir été trop rapide et de lui avoir certainement fait peur.

— Oui... enfin... oui, je le pense vraiment. C'est vrai. Mais c'est encore tout nouveau, tu sais. C'est très fragile. Et je ne suis pas du genre à penser que l'amour peut tout résoudre..., ajouta-t-elle en posant sa tête sur sa poitrine, son bras enroulé autour de lui.

— Dans ce cas, tu es du genre à penser quoi ? demanda-t-il.

Elle envisagea de ne pas répondre, ou de répondre plus tard. Les choses allaient vite entre eux. Peut-être trop vite ? Mais elle le connaissait depuis des mois, avait passé des heures à travailler avec lui... Elle savait ce qu'elle ressentait pour lui. Et elle n'espérait qu'une chose : qu'il ressente la même chose.

— Que cela vaut le coup d'essayer, répondit-elle. De faire en sorte que ça fonctionne. Je pense que j'ai voulu ça depuis la première fois où je t'ai rencontré. Peut-être même avant, en découvrant ton travail.

Il se releva pour la regarder.

— Je t'aime aussi, dit-il avec un sourire qui semblait refléter le sien.

Avec un profond soupir de bonheur, elle s'allongea sur le dos, gardant sa main serrée dans la sienne.

— Et si on restait comme ça toute la semaine ? suggéra-t-elle. Je n'ai pas envie de donner toutes ces interviews...

— Mais tu le dois, l'encouragea-t-il. Et toutes les nuits, je serai là, avec toi.

— Beau programme, répondit-elle en s'approchant de lui.

Son téléphone sonna et elle dut se détacher de lui.

— N'oublie pas ce que tu viens de me dire ! lança-t-elle en riant en prenant son téléphone sur la table de chevet. C'est Evelyn ! dit-elle. J'imagine qu'elle veut que je lui raconte comment s'est passée la journée... Salut ! fit-elle en décrochant. Tout s'est très bien passé. Quel dommage que tu sois coincée à New York !

— Donc tu n'as rien vu ? lui demanda Evelyn d'un ton grave.

Beverly se redressa, les sourcils froncés alors qu'elle se tournait vers Griffin.

— Vu quoi ? s'enquit-elle.

Elle haussa les sourcils, demandant silencieusement à Griffin s'il savait de quoi il pouvait s'agir. Mais il fit non de la tête.

— Attends, je te l'envoie par texto, dit Evelyn.

Une seconde plus tard, le téléphone de Beverly bipa, et elle mit l'appel sur haut-parleur pour pouvoir ouvrir le message.

Aussitôt, la couverture d'un magazine apparut. Bev lut le titre à haute voix : « Qui est l'homme mystérieux qui accompagnait Beverly Martin ? »

— L'homme mystérieux ? répéta Griff, se relevant pour regarder l'écran.

La photo de la couverture montrait Beverly, les yeux fermés, et un air ravi, tandis que Griff, de dos, était en train de l'embrasser dans le cou, sa main posée sur sa cuisse.

Il le savait, tout le monde allait se demander qui il était désormais. C'était la fin de sa tranquillité...

————

Déjà que Griffin n'aimait pas Los Angeles, il resta encore plus volontiers à l'hôtel après la publication de la photo de lui et Beverly, le soir de la première.

Beverly, bien sûr, sortait chaque jour pour des interviews, des apparitions publiques, et des réunions avec les équipes du studio. Mais Griffin pouvait se permettre le luxe de rester caché à l'intérieur, ce qui lui convenait parfaitement.

Il tua le temps en travaillant sur le scénario de *Justice cachée*, en regardant des films, ou en lisant des livres. Lorsque Beverly rentrait le soir, il lui faisait part des modifications qu'il avait apportées au scénario. En échange, elle lui racontait sa journée et, chaque jour, elle lui racontait qu'on lui avait posé des questions sur Griffin.

— Tu es devenu une sorte de mythe, lui dit-elle un soir, lorsqu'ils furent couchés. Remarque, je ne suis pas loin de penser la même chose, avait-elle ajouté en riant, et en embrassant sa poitrine.

Mais, même en ne sortant pas de l'hôtel, Griffin savait qu'elle n'exagérait pas. Lorsqu'il ouvrait Internet, il tombait immanquablement sur des articles le concernant. Et lorsqu'il regardait les interviews de Beverly, il l'écoutait inlassablement à des questions sur l'« homme mystérieux » qui l'avait accompagnée le soir de la première. Toute cette effervescence lui paraissait ridicule. Il craignait que le phénomène ne prenne de l'ampleur et ne gagne Austin.

Heureusement, ce ne fut pas le cas.

———

Une fois leur semaine à Los Angeles terminée, Beverly et Griffin retournèrent à Austin où ils se plongèrent sans tarder dans les dernières révisions du scénario, Beverly devant entamer une tournée nationale pour la promotion de *Crypto Games* dès la semaine suivante.

— Je crois que je vais carrément supprimer la scène avec Hammond et sa sœur, déclara Griffin un après-midi, alors qu'ils étaient en train de travailler dans la maison de Beverly, au bord du lac.

Ils avaient beaucoup fait ces derniers jours, et ils s'étaient dit que de changer d'endroit leur donnerait une impression de vacances bien méritées.

Ils étaient dans le jardin. Griff était dans un hamac, son ordinateur portable sur le ventre, tandis que Beverly était installée à la table de jardin. Elle s'était donné pour mission de relire la version papier du scénario, mais son esprit était ailleurs.

— Bev ? Tu es là ? la taquina Griff.

Elle sembla ne pas l'entendre.

— Allô, allô, ici la Terre ! insista-t-il en riant.

— Quoi ? Excuse-moi ! balbutia-t-elle, surprise, en le regardant.

— Je ne sais pas où tu étais, mais très loin de Hammond et Angélique, apparemment...

— Je suis désolée. Je... Non rien !

Il s'assit, et posa l'ordinateur sur la petite table à côté du hamac.

— Qu'est-ce qu'il y a ? Dis-moi...

Elle prit une profonde inspiration et décida de lui dire ce qui la tracassait. Au pire, il refuserait ce qu'elle allait lui proposer...

— Je ne veux pas partir, finit-elle par dire. Pas maintenant.

Elle devait prendre la route jeudi, juste après avoir terminé l'animation de la soirée d'élection de l'homme du mois au Fix.

— À cause du scénario ? lui demanda-t-il.

Elle hésita un instant.

— À cause de nous.

— Oh..., fit-il en souriant. Je ne devrais pas, mais j'adore t'entendre dire ça ! plaisanta-t-il. Je dois t'avouer que je n'ai pas très envie que tu partes, moi non plus...

— Pourquoi ne viendrais-tu pas avec moi ? lui proposa-t-elle, encouragée par ses mots. Tu pourrais enregistrer ton émission en voyage. Nous pouvons réviser le scénario en voyage. Je ne veux pas être séparée de toi durant tout un mois. Viens... ?

Il la regarda un instant avec tendresse, un léger sourire aux lèvres.

— C'est une proposition très tentante, répondit-il. Mais si je viens, cela risque de relancer les rumeurs autour de l'homme mystérieux. Alors que j'ai l'impression que c'est un peu retombé ces derniers temps, depuis que nous sommes à Austin.

— Mais s'il faut que nous passions le plus clair de notre temps à l'hôtel, je suis d'accord ! argua-t-elle. Et puis ce n'est pas comme si les journalistes de l'Idaho ou de Saint-Louis allaient nous suivre partout. Tant que nous restons discrets sur les endroits où nous allons, nous pourrons dîner à peu près n'importe où sans être importunés par les journalistes. Et puis, franchement, il n'y a qu'à Los Angeles que ça passe comme ça. Dans le reste du pays, personne ne se souciera de savoir avec qui je sors...

— Je n'en suis pas si sûr, répondit-il. Même si je suis d'accord avec toi que les gens de Los Angeles sont complètement cinglés et qu'ailleurs, c'est plus calme.

— Exactement ! Et si l'on me demande qui tu es, je répondrai simplement que c'est mon jardin secret.

— En plus, cela nous permettrait de continuer à travailler sur le scénario, renchérit-il. Je suis sûr que le studio va nous le renvoyer en demandant de nouvelles corrections ; au moins, nous n'aurons pas à travailler par téléphone...

— Tu vois, c'est une super idée ! s'enthousiasma-t-elle en le rejoignant dans le hamac.

Il enroula son bras autour d'elle et elle se blottit contre lui.

— Si tu ne viens pas, je ne pars pas. Nous venons à peine de commencer notre histoire, murmura-t-elle.

— Mais ce n'est pas parce que c'est nouveau que c'est fragile.

— J'espère que non. Car je ne veux pas que ce qu'il y a entre nous se brise.

— Je te promets que cela n'arrivera pas, la rassura-t-il en l'embrassant sur le front.

CHAPITRE ONZE

— JE VOIS que tu ne plaisantais pas quand tu m'as dit que nous n'allions pas travailler aujourd'hui ! déclara-t-elle en riant, tandis qu'ils marchaient main dans la main, remontant *Congress Avenue.*

Ils venaient de terminer un délicieux brunch au Four Seasons, et Griffin la conduisait à présent dans un endroit mystère.

— Heureusement que tu m'as conseillé de porter des chaussures plates ! ajouta-t-elle. Tu comptes me faire marcher jusqu'à Dallas, comme ça ?

— Très drôle, dit-il d'un ton ironique.

Le Four Seasons se trouvait près du fleuve, sur la deuxième rue, et ils étaient en train de marcher en direction de la sixième rue.

— Nous allons au Fix ? tenta-t-elle de deviner.

— Non..., répondit-il. Attends ! Tu verras bien...

Elle n'eut pas longtemps à attendre. Griffin s'arrêta devant l'ancien cinéma Paramount, une institution d'Austin qui avait plus de cent ans.

— Pourquoi m'as-tu amenée ici ? lui demanda-t-elle. Il y a quelque chose de spécial aujourd'hui ?

— Après avoir travaillé si dur sur notre film, je me suis dit qu'on pourrait regarder un classique. Qu'est-ce que tu en penses ?

Elle se tourna vers lui avec un réel plaisir.

— Ce que j'en pense ? Mais j'adore les vieux films ! répondit-elle avec enthousiasme. Qu'est-ce qu'il y a à l'affiche ?

— Deux films : *Le faucon maltais* ou *Le grand sommeil*. Je te propose de voir les deux. Ça te va ?

— Bien sûr ! Nous avons du pop-corn ?

— Du pop-corn, du vin, tout ce que tu veux !

Elle sourit, enchantée par le programme que lui avait concocté Griffin.

— J'adore ce programme ! lança-t-elle, excitée.

— Tant mieux. Et ce n'est pas fini : après les films, je voudrais t'emmener dans un autre endroit.

— Quel endroit ? s'enquit-elle.

— C'est un secret...

Ils prirent leurs billets, achetèrent du pop-corn et du vin, et s'installèrent au milieu de la salle – ce qui, d'après Beverly, était le meilleur endroit pour voir un film. Griffin avait fait en sorte d'arriver juste avant le début du film, si bien qu'ils n'eurent pas à attendre longtemps avant que le premier film commence.

Beverly grignota le pop-corn, sa main effleurant de temps en temps celle de Griffin, ce qui – à chaque fois – lui procurait un plaisir immense.

Lorsqu'ils eurent mangé la moitié du pot de pop-corn, Griff le posa par terre, puis lui prit la main, la regardant avec un large sourire.

Beverly avait déjà vu les deux films, mais cela faisait des années, et elle se laissa totalement absorber par l'intrigue du premier film, comme si elle le voyait pour la première fois. Lorsqu'il fut terminé, elle eut même du mal à croire qu'ils étaient déjà à la moitié de l'après-midi. Et, à la fin du deuxième film, elle aurait souhaité qu'il y en ait encore un troisième, voire un quatrième...

— Ça t'a plu ? lui demanda-t-il en sortant du cinéma.

— J'ai adoré, répondit-elle avec un air d'extase. C'est fou comme, après toutes ces années, ces films ont toujours le même impact. J'espère que mes films seront encore vus par le public dans des dizaines d'années, ajouta-t-elle d'un ton rêveur.

Puis elle s'arrêta sur le trottoir, le tournant vers elle.

— Tu crois que notre film sera aussi bon que les films que nous venons de voir ?

— Je ne sais pas, admit-il. Mais je l'espère aussi. Le scénario est solide, et Deaver a du talent, donc...

— Ah, maintenant, il a du talent ? le taquina-t-elle.

— Puisque tu me jures qu'il n'a pas de vues sur toi, oui. Il est passé de connard à génie du cinéma ! répondit-il en riant.

— Peut-être que nous devrions...

— Putain, merde ! l'interrompit-il.

— Qu'est-ce qu'il y a ? lui demanda-t-elle tandis qu'il remettait sa capuche sur la tête.

C'est alors qu'elle vit ce qu'il avait vu avant elle. Sur le trottoir d'en face, à côté de la statue d'une femme tenant un fusil, se trouvait un photographe qui prenait des photos dans leur direction.

———

— Qu'est-ce qu'on fait ? demanda-t-elle, après qu'ils eurent roulé en silence pendant au moins dix minutes.

Elle savait que Griff était bouleversé à cause du photographe. Pourtant, comme elle le lui avait fait remarquer en revenant vers la voiture, il se pouvait que l'objectif ne soit pas dirigé vers elle et Griffin. Peut-être que le type prenait des photos des façades historiques le long de *Congress Avenue*.

— Je ne pense pas, avait répondu Griffin, avant de se murer dans le silence.

— Griffin..., le pressa-t-elle. Soit tu dis quelque chose, soit tu me ramènes chez moi...

Elle vit ses mains se resserrer sur le volant, et l'espace

d'une seconde, elle craignit qu'il ne lui propose la deuxième option. Mais, contre toute attente, il se détendit.

— Je suis désolé, dit-il finalement. Je sais que tu as raison. C'était peut-être juste une coïncidence. Mais j'ai fait tant d'efforts pour ne pas être sous les projecteurs... Je n'ai pas du tout envie de renoncer à la tranquillité de l'anonymat.

— Je comprends...

Lorsqu'ils furent à un feu rouge, il se tourna vers elle.

— Je sais que tu penses que je devrais arrêter de porter un gant et une capuche, et je sais, poursuivit-il, l'empêchant de répondre, que mes cicatrices ne te dérangent pas...

— C'est le cas, murmura-t-elle en prenant sa main gantée.

— Je te crois. Mais le truc, tu vois, c'est que j'ai choisi de te montrer mes cicatrices. Je l'ai décidé. Alors que ces putains de paparazzi, eux, me volent mon image pour la vendre aux autres. Ils m'enlèvent une part de ma liberté, et je déteste ça !

— Ils ne savent pas que tu as des cicatrices, tenta-t-elle de le rassurer. Ils veulent juste savoir quel est l'homme mystérieux avec lequel je suis...

— Ouais... enfin, pour moi, ça ne change rien, bougonna-t-il.

— Je sais, dit-elle doucement.

Elle attendit qu'il parle à nouveau, mais il n'en fit rien. Il gardait les mains crispées sur le volant et restait concentré sur la circulation.

— Griff ?

Il prit une profonde inspiration, puis parla sans la regarder.

— Il y a un endroit où je ne porte jamais de sweat à capuche ni de gants. C'est là que je t'emmène.

Elle faillit lui demander où c'était, mais elle réalisa qu'il avait besoin de garder le contrôle – au moins là-dessus – et elle décida de s'abstenir. Elle se contenta de regarder la route en silence, tandis qu'ils passèrent devant l'Université, puis le long du fleuve jusqu'au *Dell Seton Medical Center*, le tout nouvel hôpital universi-taire d'Austin.

C'est là qu'il se gara, sur le parking visiteurs.

— Nous sommes arrivés, lui dit-il après avoir coupé le contact.

Intriguée, elle le suivit à l'intérieur sans poser de question. Elle ne savait pas où il l'emmenait, jusqu'à ce qu'elle lise sur un panneau : « Unité des grands brûlés ».

— Tu es bénévole ici ? lui demanda-t-elle.

— En quelque sorte, oui, répondit-il. Je viens discuter avec les patients. J'essaie de venir régulièrement, et en tout cas que l'on m'appelle pour me dire qu'un enfant a été admis.

— Je...

Elle s'interrompit, sa gorge trop nouée pour dire quoi que ce soit.

— Je ne suis pas un héros, Bev. Je veux juste que ces personnes sachent qu'ils peuvent continuer de vivre, de trouver un sens à leur vie, malgré les cicatrices.

Elle réalisa alors tout le chemin qu'il avait dû parcourir depuis son accident. Certes, elle aurait aimé qu'il soit davantage ouvert, davantage inséré dans la société. Mais il avait trouvé le moyen de survivre, et c'était déjà énorme. Plus même, il l'avait laissée entrer dans sa vie, ce qui, compte tenu des circonstances, était vraiment impressionnant.

Dès qu'ils arrivèrent devant les portes battantes qui donnaient dans l'unité de soin des grands brûlés, Griff retira son sweat à capuche, puis ses gants, les fourrant dans sa poche.

— Prête ? lui demanda-t-il.

Elle acquiesça, et il appuya sur l'interphone.

Une infirmière répondit, il donna son identité, et les portes s'ouvrirent. De toute évidence, il ne lui avait pas menti lorsqu'il lui avait dit qu'il venait régulièrement.

— Il n'y a que deux patients aujourd'hui, déclaré une infirmière dont le badge indiquait qu'elle s'appelait Angie. Jessie, et un bébé, qui a été admis ce matin.

— Un bébé ? demanda Griff avec émotion.

— Son état est stable, mais nous avons dû le placer en chambre stérile.

— Ses parents sont ici ? s'enquit-il.

— Ils l'étaient, déclara Angie. Ils sont actuellement en consultation avec l'équipe chirurgicale.

— Donnez-leur mon numéro, dit Griffin. Dites-leur qu'ils peuvent m'appeler s'ils ont des questions, ou tout simplement s'ils ont besoin de parler.

Il regarda autour de lui.

— Jessie est réveillée ? demanda-t-il.

— Oui, elle est dans la salle de jeux, l'informa Angie.

Il fit un signe à Beverly, et ils remontèrent le long couloir de l'unité.

— C'est une bonne journée, lui dit-il. Je n'ai jamais vu l'unité avec moins de cinq patients. Généralement, ils sont débordés...

— Qui est Jessie ? lui demanda Beverly.

— Une jeune fille que je viens voir régulièrement. Elle est comme moi : son corps refuse les traitements. Cela fait des mois qu'elle fait des séjours à l'hôpital. Elle a été piégée dans l'incendie de sa maison. Un incendie volontaire, causé par son père. Il est en prison maintenant. Du coup, je parle beaucoup avec sa mère. Au début, Jessie était une épave. Mais maintenant, elle dit que les brûlures étaient le prix à payer pour qu'elle et sa mère soient libérées de son connard de père. Elle a quinze ans, au fait. Mais tu vas voir, avec tout ce qu'elle a traversé, elle fait plus. C'est comme si elle avait vécu un siècle de plus que nous.

— J'imagine, confirma Beverly.

— Ici ils ne traitent que les personnes brûlées à maximum trente pour cent. Au-delà, ils les envoient ailleurs, généralement à San Antonio. Jessie est juste sous la limite des trente pour cent ; son bras, le côté de son visage, une partie de son torse ont été brûlés. Mais, tu vas voir, elle est super. Je suis certain que tu vas l'adorer.

Ils atteignirent la salle de jeux – une grande pièce vitrée, remplie de jouets conçus principalement pour les tout-petits. Il y avait un chevalet avec un bloc de papier à dessin, comme celui utilisé dans les réunions d'entreprise. Une grande fille mince se tenait là, vêtue d'une robe d'hôpital, ses cheveux noirs et bouclés ramassés en queue de cheval, laissant apparaître une zone rouge et chauve de son cuir chevelu où plus aucun cheveu ne poussait. Elle leur tournait le dos, mais Beverly pouvait voir les impressionnantes cicatrices sur son cou qui descendaient vraisemblablement jusque sur sa poitrine.

Lorsque Griffin et elle entrèrent dans la pièce, elle se retourna, et Beverly dut se forcer à ne pas laisser transparaître toute la compassion et la tristesse qu'elle ressentit en découvrant les cicatrices sur son visage. Les brûlures étaient à peu près similaires à celles de Griffin, mais sa bouche était davantage touchée, ce qui impactait sa diction.

— Griffin ! s'exclama-t-elle en s'approchant d'eux.

— Salut, Jess ! Comment ça va ? Je te présente ma petite amie, Beverly.

Les yeux de Jess s'écarquillèrent.

— Je vous connais ! Je vous ai vue dans *Suburban Love Story*. Je vous trouve incroyable !

— Merci, répondit Beverly en riant. C'est vraiment gentil à toi.

Elle hocha la tête en direction du dessin sur le chevalet – un portrait de Jessie, mais sans les brûlures.

— Toi aussi tu es incroyable, dis donc ! Tu dessines magnifiquement bien !

— Dommage que la vie ne soit pas un dessin, hein ? plaisanta Jessie avec un petit rire triste.

— Tu es toujours très belle, Jess, lui dit Griffin. Ne l'oublie pas...

— Belle à l'intérieur, tu veux dire, rétorqua-t-elle en levant les yeux au ciel.

— Et l'extérieur ! s'exclama-t-il. La beauté est quelque chose de subjectif. Chacun en a une définition personnelle... Or, moi, je t'assure que je te trouve très belle.

— On dirait un bisounours ! lança Jess en s'adressant à Beverly, qui rit de sa plaisanterie.

Très vite, il devint clair que Griffin et Jessie se connaissaient bien et appréciaient d'être ensemble. Ils échangèrent sur les traitements, sur la manière dont réagissait la mère de Jessie, et sur ce qui les attendait ensuite. Puis Beverly rejoignit la conversation, et parla avec Jessie de mode, de cinéma, et de garçons.

— Au fait, j'ai entamé le protocole Devinger, déclara Jessie à Griffin après avoir bavardé pendant un moment. Merci d'avoir écrit la lettre de recommandation.

— Avec plaisir ! Je peux faire autre chose, d'ailleurs ?

— Non, à part faire des incantations pour me porter chance, plaisanta-t-elle. Je dois subir une autre greffe de peau demain. C'est pour mes nichons, précisa-t-elle à Beverly d'un air blasé.

Beverly rit, mais, au fond d'elle, était très impressionnée par le détachement de la jeune femme. Griff ne lui avait pas menti lorsqu'il lui avait dit qu'elle était très mature.

— Je penserai à toi, demain, déclara Beverly. Je suis vraiment très heureuse de t'avoir rencontrée, Jessie.

— Oui, moi aussi, répondit la jeune fille. Et merci d'avance pour la photo et le DVD. Vous n'oublierez pas de les dédicacer ?

— Je n'oublierai pas, je te le promets, la rassura Beverly avec un large sourire.

Ils quittèrent Jessie et Beverly se força à ne pas s'effondrer tant qu'ils ne furent pas dans l'ascenseur. Mais, dès que les portes se refermèrent sur eux, elle laissa couler ses larmes.

— Elle est tellement incroyable, dit-elle lorsqu'elle put enfin parler.

— C'est vrai, approuva Griffin. Et si tu voyais le chemin qu'elle a parcouru. Lorsque je l'ai rencontrée il y a cinq mois, elle parlait à peine.

Les portes de l'ascenseur s'ouvrirent, mais Beverly continua de regarder Griffin.

— C'est grâce à toi, grâce à ta présence et aux mots que tu as su trouver, lui dit-elle.

— Je n'ai fait que l'aider…

— Tu as fait beaucoup plus que cela. Tu l'as sauvée, Griff. J'aimerais tellement qu'un jour tu voies à quel point tu es formidable ! Et beau…

— Beverly…

Elle le regarda et ne dit plus rien. Mais elle sentit qu'il commençait à évoluer ; qu'au fond de lui, il comprenait qu'il devait arrêter de se cacher et qu'il lui fallait désormais mettre en pratique les conseils qu'il donnait aux autres.

— Qu'est-ce que tu dirais d'une glace ? proposa-t-il. Nous ne sommes pas loin de chez Amy's.

— Super idée ! Je meurs d'envie d'une boule vanille-noix de pécan !

Son téléphone bipa, indiquant qu'elle avait reçu un SMS. Elle le sortit, tandis qu'ils se dirigeaient vers la voiture, puis s'arrêta net.

— C'est Evelyn, lui dit-elle d'un ton grave. Elle me dit « désolée », et il y a une pièce jointe.

Ils se fixèrent un instant, aussi inquiets l'un que l'autre.

— Ouvrez-le, dit-il.

Elle hésita, puis cliqua sur le lien de la pièce jointe.

Une capture d'écran de Twitter apparut, avec une photo d'elle et de Griffin sur le trottoir, près de l'ancien cinéma Paramount. Le titre, en dessous, disait « *L'homme mystérieux de Beverly Martin enfin identifié : il s'agit du scénariste Griffin Blaize, brûlé au quatrième degré* ».

CHAPITRE DOUZE

LE SCOOP circula à toute vitesse.

À midi, mardi, cette première photo de Griffin et Beverly sur *Congress Avenue* était partout, avec celle de celle sur laquelle Griff était déguisé, lors de la soirée de première.

Cela était déjà assez grave, mais, pour couronner le tout, toute la presse people s'était mise à fouiller dans son passé. Heureusement, il avait acheté sa maison au nom de sa société, et il n'avait donc pas une horde de cameramen et de photographes campés devant chez lui. Malgré tout, la facilité avec laquelle les détails de sa vie intime étaient sortis au grand jour lui fit peur : son véritable nom, son accident lorsqu'il avait treize ans. Ils avaient même mis la main sur une photo de son séjour à l'hôpital.

Toute sa vie semblait exposée sur Internet, y

compris celle de Kelsey et Wyatt. Griffin s'était excusé auprès d'eux et, même si sa sœur l'avait rassuré en lui répondant que ce n'était pas sa faute et que je les journalistes étaient des connards, il s'en voulut énormément de les avoir entraînés, malgré lui, dans cette spirale infernale.

Le pire était qu'il se sentait obligé de rester cloîtré chez lui. Il n'osait même plus aller au Fix, car Megan lui avait dit que les photographes étaient partout dans le centre-ville et en particulier autour du bar.

Beverly était avec lui, mais il ne pouvait s'empêcher de se renfermer sur lui-même et d'être d'humeur maussade. Il s'en voulait de réagir ainsi, d'accorder autant d'importance à toute cette histoire, mais c'était plus fort que lui. Il détestait cette tourmente médiatique autant qu'il détestait ses cicatrices et le fait de ne pas les assumer. Il avait l'impression de vivre un véritable cauchemar, persuadé que les paparazzi le suivraient désormais partout où il irait.

Il regarda Beverly, recroquevillée sur son canapé, un stylo rouge à la main, apportant les dernières modifications au scénario. L'élection de l'homme du mois était prévue le lendemain et, dès le jeudi, ils devaient quitter la ville pour entamer la tournée promotionnelle de Beverly. Mais il savait que le simple fait de quitter Austin ne suffirait pas. La seule solution était de se séparer de Beverly, au moins pour un temps. Et la tournée qu'elle devait entreprendre était une occasion rêvée.

Il se détestait pour ce qu'il s'apprêtait à lui annoncer, mais, il avait beau tourner le problème dans tous les sens, il n'avait pas le choix.

— Bev ?

Elle leva les yeux d'un air calme. Comment faisait-elle ?

— Ça va ? lui demanda-t-elle avec un sourire apaisant. Ne t'inquiète pas, tout ce tapage médiatique va finir par retomber...

— Je sais, dit-il, mal à l'aise. Mais je crois que j'ai une idée pour faire en sorte que ça se calme plus vite.

Elle posa le scénario et se redressa, fronçant les sourcils.

— Ah... Et quelle est ton idée ?

— Je ne vais pas venir t'accompagner pour ta tournée. Si je ne suis pas avec toi, ils vont finir par se lasser.

— Attends... Quoi ? s'exclama-t-elle, les yeux écarquillés.

— C'est toi qui les intéresses, au fond. Pas moi. Je fais la une des journaux uniquement parce que je suis avec toi. Mais si je ne suis plus avec toi, ils vont vite m'oublier et passer à autre chose..., lui expliqua-t-il d'un ton qu'elle trouva horriblement mathématique.

— Donc tu ne viens pas avec moi ? résuma-t-elle. Tu

es en train de me dire que je vais partir pendant un mois. Six semaines, même !

— Mais nous nous appellerons tous les jours, tenta-t-il de minimiser.

Elle se rassit, le regardant droit dans les yeux.

— Et la prochaine fois ?

— Comment cela, « la prochaine fois » ?

— Quand le film sortira en Europe, et que je devrais entamer une tournée là-bas. Tu viendras avec moi ?

Il déglutit, sentant que sa réponse n'allait pas lui plaire.

— Cela ne fera que jeter de l'huile sur le feu...

Elle le regarda, incrédule.

— D'accord... Et imaginons que notre relation dure...

— Je veux qu'elle dure, l'interrompit Griffin.

— ... Imaginons que notre relation dure, reprit-elle comme s'il n'avait rien dit, et que je doive tourner un film à Vancouver, par exemple, m'obligeant à quitter les États-Unis pendant des mois, voire des années... Que se passera-t-il ?

Il ne savait pas quoi répondre. Tout ce à quoi il pensait était qu'à ses côtés, il devenait une cible et que, loin d'elle, il restait à l'écart des projecteurs.

— Je vois..., conclut-elle.

— Beaucoup de gens ont des relations à distance, plaida-t-il. Et puis, même si tu dois être loin pendant longtemps, cela ne veut pas dire que tu ne reviendras jamais. Et puis je pourrais toujours te rejoindre les week-ends.

— Les week-ends ? siffla-t-elle avec mépris. Tu veux que je te dise comment ça se termine lorsqu'on ne se voit que le week-end ? C'est ce que mes parents ont fait, et je peux t'assurer que ça ne s'est pas bien terminé...

— Sauf que nous ne sommes pas tes parents !

— Nous ne *l'étions* pas, mais maintenant, je n'en suis pas si sûre.

Avant qu'il ne puisse répondre, elle se leva, visiblement hors d'elle.

— Je suis désolée, Griffin, reprit-elle d'une voix glaciale. Je t'aime. Sincèrement. Mais c'est ma limite. Tu as certainement raison, peut-être qu'une relation à distance fonctionnerait très bien. Mais je n'ai même pas envie d'y réfléchir, tu vois ? Ce n'est pas ce que je veux ! Moi, ce que je veux, c'est que l'homme que j'aime soit à mes côtés. Alors bien sûr, je ne demande pas à être accompagnée dans chacun de mes voyages... Mais vivre éloignés ? Non, ça, vraiment, c'est au-dessus de mes forces !

Sa voix se brisa tandis qu'elle se mit à pleurer.

— Je ne peux pas démarrer une relation en sachant que nous n'avons pas la même vision des choses et que je n'aurai jamais la vie dont je rêve, ajouta-t-elle en se dirigeant vers la porte.

Un sentiment de panique l'envahit.

— Bev, attends, la supplia-t-il. Je suis sûr que nous pouvons trouver une façon de fonctionner qui nous convienne à tous les deux, lui dit-il en s'approchant d'elle.

— Non, nous ne pouvons pas, trancha-t-elle. Je ne vois qu'une seule solution, Griff. Et si tu veux vraiment que ça marche entre nous, tu sais ce qu'il te reste à faire. La balle est dans ton camp ! conclut-elle avant de quitter la maison, sans se retourner.

CHAPITRE TREIZE

BEVERLY PASSA le reste du mardi et tout le mercredi matin à traîner sur Internet. Elle maudissait tous les photographes, les journalistes, et les journaux à scandales qui publiaient des articles et des photos sur elle et Griffin. Pourquoi ne les laissaient-ils pas en paix ? Comment pouvaient-ils faire tout cela en sachant qu'ils gâchaient la vie des gens ?

Elle en voulait aussi à Griffin. Elle lui en voulait d'avoir provoqué en elle autant de colère et de douleur. Car, au fond, ce n'était pas la faute des journalistes. En tout cas pas entièrement. C'était aussi et surtout la faute de Griffin : s'il avait accepté son apparence et avait supporté le regard des autres sur lui, ils ne seraient pas dans cette situation. Peut-être même que les journalistes seraient bienveillants envers eux ? Et même s'ils étaient malveillants, cela finirait par passer. Il suffisait de ne pas leur donner de grain à moudre… Or, en faisant tout pour se cacher, il attisait la curiosité de tous. Il suffisait qu'il mette en pratique les conseils qu'il donnait à Jessie pour que tout rentre dans l'ordre. Mais, pour cela, il devait surmonter ses peurs – et, visiblement, il en était incapable.

Elle aussi, d'ailleurs. Elle n'était pas prête pour une relation à distance. Elle avait trop peur de reproduire l'histoire de ses parents. Et, au-delà de cela, elle ne sentait pas suffisamment forte pour passer trop de temps loin de l'homme qu'elle aimait.

C'était précisément cela le problème. Elle l'aimait. Elle en était certaine. Et elle était terrifiée à l'idée de ne plus jamais retrouver un amour aussi intense.

Pourtant, elle refusait de céder. Elle voulait tout ou rien.

En espérant qu'elle ne finisse pas par se retrouver sans rien…

———

Griffin se détestait. Il venait de perdre la femme de sa vie uniquement parce qu'il avait trop de peurs en lui – et trop de cicatrices.

Pourtant, il avait beau essayer de lutter, il se sentait

incapable de vivre la vie que Beverly lui proposait. Il ne voulait pas être sans cesse sous les projecteurs. S'il avait un homme ordinaire, peut-être que leur relation aurait pu fonctionner. Mais le fait qu'il soit déjà introduit dans le milieu d'Hollywood et, surtout, qu'il ait des cicatrices, attirait les journalistes.

Comment était-il censé vivre comme ça ? Comme un insecte observé au microscope ? Avec la presse se demandant tous les jours comment une femme aussi belle que Beverly pouvait être avec un mec comme lui ?

Cette simple pensée le faisait frémir d'horreur.

Mais le problème était que l'idée de ne pas être avec elle le perturbait encore davantage.

Il ne savait plus quoi faire, et noya son désespoir dans une bouteille de bourbon qu'il termina en regardant des téléfilms bas de gamme, diffusés sur les chaînes du câble, en fin de soirée. Ce n'était pas un remède, mais un anesthésique – cela avait au moins le mérite d'apaiser sa douleur.

Le lendemain matin, il fut réveillé par la sonnerie stridente de son téléphone. Il cligna des yeux, ébloui par les rayons du soleil qui pénétraient par les fenêtres dont il n'avait pas fermé les volets.

Il décrocha, certain que ce serait Beverly.

Mais ce n'était pas elle. C'était Jessie.

— C'est quoi ton problème ? dit-elle, sans préambule.

— Quoi ?

— Tu crois que je passe tout mon temps à dessiner ? continua-t-elle. Figure-toi que, comme tous les jeunes de mon âge, je passe le plus clair de mon temps sur mon téléphone. Et maintenant que Beverly est ma nouvelle meilleure amie, je m'intéresse un peu à elle, tu vois... ?

Il grimaça, certain de savoir où elle voulait en venir.

— On ne parle que de toi sur les réseaux sociaux, ces jours-ci. Tu es au courant ?

— Ouais, ouais, grogna-t-il.

— Donc je répète : c'est quoi ton problème ? Non, parce que, franchement... Une perruque et un chapeau ? Griff, j'adore ton podcast et je me suis toujours dit que tu ressemblais un peu aux héros de tes séries. Mais, permets-moi de te dire que tu m'as déçue !

Il ne put s'empêcher de sourire, ce qui, compte tenu des circonstances, lui fit plutôt du bien.

— C'est parce que je savais que les photographes allaient être partout. Je voulais protéger ma vie privée, voilà, c'est tout..., se justifia-t-il.

— Mouais... Je dirais plutôt que t'as fait de la merde, lui dit-elle.

— Jessie ! Ça ne va pas de me parler comme ça ? la reprit-il.

— Je te parle comme je veux ! rétorqua-t-elle avec une colère à peine contenue. Je te faisais confiance, Griffin. Je te croyais. Je veux dire... Tu viens me voir, tu me sors ton blabla pendant des heures, en m'assurant que même avec des cicatrices, je peux être belle, je peux réussir. Que je dois les assumer... Et tout ça pour quoi ? Pour que toi tu te caches comme si tu étais un pestiféré ? Mais qui fait ça ? Hein ! Qui ?

Il ne savait pas quoi répondre. Elle avait raison, bien sûr. Qui faisait ça ?

Lui, apparemment. Et il eut soudain terriblement honte.

— Allô ? Putain, il m'a raccroché au nez ! pesta-t-elle. Non mais c'est vraiment un...

— Je suis là, Jess, l'interrompit-il.

— Ah... bah parle !

Son ton frais et brusque, sans filtre, lui faisait du bien.

— Tu as raison.

Le silence s'installa entre eux.

— Jessie ?

— Qu'est-ce que tu as dit ?

— J'ai dit que tu avais raison.

— J'adore ! s'exclama-t-elle avec sa légèreté habituelle. C'est tellement rare d'entendre ça dans la bouche d'un adulte !

— Je me suis comporté comme un enfant, c'est peut-être pour ça que je peux le dire.

Elle éclata de rire franchement, et cela le réconforta.

— Je suis content de te faire rire, dit-il avec ironie. Mais, c'est vrai, tu as raison. Tout comme Beverly d'ailleurs. Je suis juste un putain d'idiot...

Il s'interrompit, prenant la mesure de sa stupidité.

— En tout cas, reprit-il après une longue inspiration. Je veux que tu saches que tout ce que je t'ai dit était vrai. Absolument tout.

— Alors, lâche-toi et agis ! lui dit-elle. Envoie tous ces journalistes balader. Jette ce costume ridicule. Et puis débarrasse-toi de ce vieux sweat à capuche par la même occasion ! Montre-leur qui tu es, Griff !

Il sourit, ressentant un élan de tendresse pour cette jeune fille qui était en train de lui donner une leçon de vie.

— Si je me lance, tu te lances avec moi ?

— Je me suis déjà lancée, tu te souviens ? C'est d'ailleurs toi qui m'as encouragée. Moi j'ai parcouru le chemin. Toi tu n'as fait qu'en parler jusqu'à maintenant. C'est à toi de marcher, maintenant !

— C'est vrai, tu as raison, dit-il.

— Eh ben ! Ça fait deux fois !

Il éclata de rire.

— Merci Jessie. J'avais vraiment besoin de ça.

— À ton service, Griff ! répondit-elle. Et je te préviens, ajouta-t-elle. À partir de maintenant, je vais te surveiller sur les réseaux sociaux... Je vais vite savoir si tu tiens tes promesses !

— Je te promets que je ne te décevrai pas, lui dit-il. Je dirai même que je vais tout faire pour que tu sois fier de moi !

Jessie venait de le secouer et de lui faire prendre conscience de ce qu'il voulait vraiment. Il était désormais prêt à tout pour y parvenir, et faire en sorte d'être à la hauteur de l'amitié que cette jeune fille courageuse lui portait.

———

— Beverly ! tu m'as entendue ? lui demanda Jenna.

— Euh, pardon... Qu'est-ce que tu as dit ? lui demanda Beverly en sortant de ses pensées.

— J'ai dit que nous étions sur le point de commencer. Tu es sûre que ça va ?

— Oui, oui, excuse-moi, répondit Beverly. C'est juste que Griff et moi... Enfin, peu importe.

Elle s'obligea à se taire. Elle était professionnelle. Elle avait un travail à faire. Elle aurait tout le temps de se lamenter sur sa rupture avec Griff une fois qu'elle aurait terminé. Pour l'heure, elle devait se ressaisir et assurer la soirée.

Un petit sourire se dessina sur la bouche de Jenna. Il sembla à Beverly que c'était un sourire d'amusement, mais elle ne voyait pas pourquoi Jenna serait amusée, et se dit que ce devait un sourire de compassion.

— Tous les gars sont en coulisse, et les caméras sont en route, lui dit Jenna. Les fiches des candidats sont sur la scène, et, si tu es prête, je lance la musique. On y va ?

Bev hocha la tête, prenant une profonde inspiration et arborant sa joie de vivre habituelle. Revigorée, elle monta les escaliers jusqu'à la scène, et, en regardant la foule, ne put s'empêcher de ressentir un léger pincement au cœur en découvrant que Griffin était absent. Mais elle se ressaisit et prononça son discours de bienvenue avec professionnalisme et entrain, comme elle l'avait fait les fois précédentes. Elle jeta ensuite un coup d'œil à la première des fiches préparées par Jenna, une pour chaque candidat. Elle y répertoriait les informations générales permettant à Beverly de les présenter au public.

Elle était si habituée à la scène qu'elle aurait pu animer les yeux fermés. Mais elle tenait à s'appliquer, autant pour le public que pour le Fix – un endroit qu'elle appréciait et qu'elle avait envie de sauver. Désormais, l'élection de l'homme du mois était devenue un événement emblématique de la ville, et elle était fière d'en faire partie.

Ce soir-là, cependant, elle était ailleurs, et elle se trompa à deux reprises sur le nom des candidats. Aussi fut-elle soulagée lorsqu'elle jeta un œil aux deux dernières fiches. Elle annonça l'avant-dernier candidat, qui monta sur scène et retira sa chemise, dévoilant ses muscles assez impressionnants. Le règlement n'imposait pas aux candidats de se déshabiller, mais cela n'empêchait pas la plupart d'entre eux de retirer au moins leur chemise pour tenter d'obtenir plus de votes.

Contrairement aux autres, ce candidat ne prononça pas de discours – il devait penser que sa silhouette impressionnante suffirait à le faire élire. Il passa donc rapidement, et pendant que le public l'applaudit, Beverly prit la dernière fiche, se préparant à annoncer le dernier candidat.

Lorsqu'elle prit connaissance du nom, elle faillit laisser tomber le papier.

— Désolée, s'excusa-t-elle auprès du public, avant de prendre une gorgée d'eau. Je vous demande à présent d'accueillir le dernier candidat, lança-t-elle avec son sourire de scène. Griffin Draper !

Elle sentit, derrière les applaudissements, une surprise générale. Beaucoup des personnes présentes dans le public étaient des habituées, et savaient que ce que Griffin cachait sous sa capuche.

Elle jeta un œil à la fiche, et sentit des larmes lui piquer les yeux tandis qu'elle essayait de lire les informations sur Griffin, qui était en train de monter les escaliers pour monter sur scène.

— Âgé d'une trentaine d'années, Griffin est un écrivain, et le créateur d'un podcast et d'une websérie populaires. Son scénario, *Justice cachée*, vient également d'être acheté par un grand studio et deviendra bientôt un grand film dans lequel j'ai d'ailleurs l'honneur d'avoir un rôle.

Elle essuya une larme en découvrant Griffin sur scène, simplement vêtu d'une chemise blanche qui mettait ses muscles en valeur, et dont les manches retroussées laissaient apparaître ses cicatrices.

Elle reprit la lecture de sa fiche.

— Griffin a récemment fait une grave erreur vis-à-vis de la femme qu'il aime, parce qu'il avait trop peur pour...

Elle s'interrompit.

— Griff ! Comment veux-tu que je lise ça ? lui dit-elle en riant.

Le silence se fit, tandis que Griff s'approcha d'elle et lui prit le micro des mains.

— ... Parce qu'il avait trop peur pour se montrer tel qu'il était, même devant la femme qu'il aime. Mais maintenant, il n'a plus peur.

Il lui tendit le micro, puis déboutonna lentement sa chemise, révélant toutes ces cicatrices, sauf celles sur sa hanche et sa cuisse.

Tout le monde retenait son souffle.

— Désolé tout le monde ! lança Griffin, rompant le charme. Mais je n'ai prévu d'enlever que la chemise. Mais si vous achetez le calendrier, vous en verrez plus...

Tout le monde se mit à rire. Des applaudissements et des cris d'encouragement retentirent.

Griffin sourit, puis s'approcha à nouveau de Beverly, lui prenant le micro des mains. Il le plaça de telle sorte à ne pas parler directement dedans, mais suffisamment près de lui pour qu'il porte sa voix et que tout le monde entende ce qu'il s'apprêtait à dire.

— Je t'aime, dit-il. Et je viens avec toi.

Beverly lui sourit et le prit dans ses bras, sous des applaudissements et des acclamations de plus en plus intenses.

Quinze minutes plus tard, ils étaient entourés de fans et de clients qui essayaient de prendre une photo avec eux. Griffin avait remis sa chemise, mais pas son sweat à capuche, et Beverly était extrêmement fière de lui.

— Comment tu te sens ? lui demanda-t-elle à l'oreille.

— Bizarrement, ça va. Je vais peut-être finir par m'habituer, finalement ?

— Félicitations ! lança Jenna qui les avait rejoints. Le vote a confirmé ce que nous savions tous. Tu es Mister Novembre ! lui annonça-t-elle avec un sourire radieux.

— Je suis tellement fière de toi, lui dit Beverly en se blottissant contre lui.

— Ouais, enfin, je te préviens : je vais quand même demander à Eva qu'elle retire les cicatrices sur ma photo, pour le calendrier, lui dit-il avec l'air de minimiser. Je ne suis pas encore prêt à tout montrer !

— Je crois que je vais pouvoir supporter ça, rétorqua-t-elle en riant. Tant que tu restes avec moi, tout me va !

— Tu peux compter là-dessus ! déclara-t-il avant de l'embrasser, la foule autour d'eux leur réservant un tonnerre d'applaudissements.

ÉPILOGUE

— JE CROIS qu'elle dort enfin, dit Elena, en rejoignant Brent dans sa cuisine, et en prenant le verre de vin qu'il lui offrait.

Il ne l'avait jamais vue si épuisée auparavant. Ses cheveux courts étaient ébouriffés, et son maquillage avait légèrement coulé. Non seulement elle était toujours aussi belle mais en plus, ce soir-là, elle lui parut accessible. Et il n'était pas sûr que ce soit une bonne chose.

— Je suis vraiment désolée qu'elle ne soit pas encore endormie quand tu es rentré, ajouta-t-elle. Elle a voulu regarder un autre dessin animé, et nous avons choisi *Les Indestructibles*. Ce n'était peut-être pas le meilleur choix pour la calmer... Car, à la fin, elle a décidé qu'elle voulait construire un fort pour ses animaux en peluche, pendant que je préparais les cupcakes.

— Aucun problème, la rassura-t-il avec un petit rire.

Il n'était pas surpris ; il connaissait bien Faith, sa fille de cinq ans.

— C'est juste qu'elle va être de mauvaise humeur demain, et qu'elle va m'en faire baver, ajouta-t-il.

Elena eut l'air horrifiée, et il s'en voulut immédiatement de ne pas avoir tenu sa langue. Il dut lutter contre l'envie de la prendre dans ses bras et de l'embrasser pour faire disparaître l'inquiétude sur son visage. Il ne pouvait pas faire cela. Pas avec elle. Pas avec la fille de son patron, et de son ami. Et certainement pas avec sa baby-sitter…

— Sérieusement, dit-il pour la rassurer, ce n'est pas grave. Les enfants veillent tard. Ils se faufilent hors du lit. Ça arrive. Et j'apprécie vraiment que ce que tu fais pour moi. Je sais que la garde d'enfants n'était pas ton choix de carrière numéro un, plaisanta-t-il.

— C'est vrai, mais je suis ravie de pouvoir t'aider. Vraiment. Et puis, Faith est une petite fille formidable. En plus, tu sais comment se passe l'université… Que je travaille ici ou chez moi, c'est pareil.

— Pour tout te dire, je ne sais pas bien, non… Je suis passé de flic, à responsable de la sécurité, et maintenant propriétaire d'un bar et associé de ton père. Alors l'université, je ne connais pas bien…

Il avait besoin de lui rappeler cela, autant qu'à lui-même, d'ailleurs. Il ne voulait pas qu'elle se fasse une fausse image de lui. Car il sentait qu'elle était aussi attirée par lui. En fait, la première fois qu'ils s'étaient vus, ils avaient eu un véritable coup de foudre. Depuis, il la surprenait souvent en train de le regarder ; le désir entre eux était si palpable qu'il devait régulièrement s'obliger à penser à des choses désagréables pour se calmer.

Il se disait parfois que son attirance pour elle était due au fait qu'il était célibataire depuis longtemps et qu'il aurait tout aussi bien pu désirer n'importe quelle autre femme à peu près jolie qui aurait posé son regard sur lui. Mais il savait que c'était bien plus que cela… C'était elle, Elena. Et la manière qu'elle avait de le regarder avec un sourire doux, presque timide, qui, chaque fois, lui retournait l'estomac.

— C'est sympa, en tout cas, dit-elle. Que nous prenions le temps de bavarder, je veux dire. D'habitude, je pars dès que tu arrives…

— C'est vrai. Et puis c'est aussi que je ne veux pas prendre le risque de ruiner les cupcakes ! plaisanta-t-il.

— Je suis désolée pour ça aussi, dit-elle. J'aurais dû t'appeler pour te demander si je pouvais farfouiller dans ta cuisine. Mais, apparemment, elle en a besoin pour l'école.

— Mais tu as bien fait ! C'est juste que…

Il s'interrompit.

— Oui ? l'encouragea-t-elle.

Comment pouvait-il dire que la pièce lui parut

soudain trop petite, mais qu'il savait parfaitement que ce n'était pas à cause de la chaleur du four ?

— Rien, dit-il finalement. J'ai oublié ce que j'allais dire.

Elle le regarda en penchant légèrement la tête sur le côté. Il lui sembla qu'elle s'apprêtait à lui dire quelque chose, et pendant une seconde, il craignit qu'elle ne lui dise qu'elle savait qu'il mentait. En réalité, il espéra presque qu'elle le ferait – cela aurait permis de crever l'abcès.

Ding !

— Ah ! C'est cuit ! dit-elle d'une voix un peu trop aiguë, qui trahissait la tension qu'elle ressentait, elle aussi.

Elle se pencha pour sortir les gâteaux du four, et Brent se força à ne pas admirer la courbe parfaite de son cul dans son jean moulant. C'était un *Lucky* – ce qui voulait dire « chanceux », en anglais. N'était-ce pas ironique ?

Elle posa le moule à cupcake sur un dessous de plat, puis retira les gants de cuisine qu'elle avait enfilés pour se protéger de la chaleur.

— Voilà... Bon, je vais peut-être te laisser, maintenant que les cupcakes sont cuits...

— Il ne faut pas attendre qu'ils refroidissent ?

— Si, répondit-elle en riant. Mais je suppose que c'est dans tes cordes, non ? Faith pourra mettre le glaçage demain matin, et tu n'auras plus qu'à les mettre dans un Tupperware...

— Oui, c'est vrai que je devrais pouvoir m'en sortir, admit-il. Mais tu pourrais aussi rester et veiller à ce que je ne les range pas trop tôt ?

Elle le regarda en souriant, à la fois gênée et tentée par sa proposition.

— Si ça peut t'aider...

— Ou on peut aussi oublier les cupcakes et dire que tu restes, tout simplement, dit-il en s'approchant d'elle.

— Je..., elle s'interrompit, ne sachant pas quoi répondre.

Tout son corps vibrait d'un désir intense tandis qu'il s'approcha encore un peu plus d'elle et passa un bras autour de sa taille.

— Brent..., qu'est-ce que tu fais ? demanda-t-elle, timidement.

— Honnêtement ? Je crois que je vais t'embrasser, répondit-il d'une voix rauque.

— Oh...

Il vit à la fois de la surprise et du plaisir dans ses yeux.

— Mais tu n'en es pas sûr ? lui demanda-t-elle avec un sourire provocateur.

— Disons que je suis partagé entre mon envie de le faire, et ma conscience qui me dit que je ne devrais pas...

— Pourquoi pas ? demanda-t-elle d'une voix haletante, presque dans un murmure.

— D'abord parce que tu es plus jeune que moi. Et ensuite parce que tu es la fille de mon patron. La fille de mon ami. Et que je suis un père célibataire qui doit faire attention aux signaux que j'envoie à ma fille, dont tu es la baby-sitter...

— Aïe, que des arguments contre, donc ? conclut-elle avec un sourire moqueur.

— J'en ai bien peur, soupira-t-il.

— Je peux peut-être t'aider...

— Vraiment ?

— Oui, je crois, répondit-elle en approchant son visage du sien et en déposant un léger baiser sur ses lèvres.

Puis elle recula, se mordant la lèvre inférieure en le regardant droit dans les yeux, comme pour le défier d'en faire plus.

Il hésita. D'un côté il avait l'impression de franchir une ligne rouge, mais, de l'autre, il se sentait incapable de résister plus longtemps.

Finalement, il l'attira contre lui, puis l'embrassa dans un long baiser, chaud et langoureux.

———

Envie d'en découvrir plus ? Voici un extrait du prochain tome de la série *L'Homme du mois*...

Chapitre premier

Elena Anderson remontait *Congress Avenue* à toute vitesse, évitant les piétons, les musiciens de rue, et un groupe de collégiens guidés par un professeur à l'air inquiet et quelques parents venus les accompagner.

Elle fut ralentie par la foule qui retournait travailler après le déjeuner, puis poussa un soupir de soulagement lorsque, enfin, elle atteignit la sixième rue. Encore quelques minutes, et elle allait pouvoir annoncer les deux nouvelles qu'elle avait. D'ailleurs, elle ne savait pas si elle avait davantage hâte d'annoncer la bonne ou la mauvaise nouvelle...

Reprenant son souffle, elle se força à ralentir le pas, repensant à ce qui s'était passé et à ce qu'elle avait appris. C'était à la fois une opportunité pour son père et son bar, le *Fix*, et une occasion manquée pour elle.

Mais ne disait-on pas qu'à chaque chose malheur est bon ? Certes son patron venait de la faire dégringoler, mais pour son père, allait s'avérer être une chance incroyable.

— Allez, reprends-toi, Elena, se dit-elle, trop fort

apparemment, car une femme en talon la regarda comme si elle était folle.

Elle lança un sourire à la femme et accéléra de nouveau le rythme, de sorte qu'elle était essoufflée lorsqu'elle ouvrit la lourde porte d'entrée en chêne du Fix.

Elle avait encore du mal à croire que cela ne faisait que quelques mois qu'elle avait quitté San Diego pour venir à Austin et retrouver son père. Et elle avait encore plus de mal à réaliser qu'elle avait un père, après qu'elle et sa mère aient cru, pendant près de vingt-trois ans, qu'il était mort – le résultat d'un mensonge de la part de son grand-père qui n'avait pas jugé Tyree assez bien pour sa fille, Eva.

Elena avait été terriblement en colère lorsqu'elle avait appris la vérité. En colère contre son grand-père. En colère contre le monde entier, y compris contre sa mère et Tyree, d'ailleurs, qui n'avaient pas su découvrir la vérité plus tôt – même si, au fond, elle avait compris qu'ils n'auraient pas pu le faire à moins d'être magiciens.

Elle s'était vautrée dans cette colère pendant quelque temps, jusqu'à ce qu'elle décide que c'était inconfortable et contraignant, comme porter une robe trop moulante. De manière générale, elle était une personne optimiste, et cette colère qui jaillissait du passé se dissipa rapidement, laissant place à ce que sa mère avait toujours décrit chez elle comme une joie de vivre chevillée au corps.

Lorsqu'elle avait découvert que son père n'était pas mort, elle ne savait presque rien de lui, à part son nom – Tyree Johnson – et le fait qu'il avait servi dans la marine. Mais, grâce à Internet, elle avait retrouvé sa trace, notamment grâce à un article qui annonçait l'ouverture de son bar, à Austin, au Texas. Il y avait eu une photo, et elle avait tout de suite reconnu son visage – c'était le même que celui qu'elle avait sur un polaroïd que sa mère avait pris de lui et qu'Elena avait toujours gardé précieusement sur elle.

Elle était alors venue à Austin, avec le rêve de retrouver son père et de faire sa connaissance. Elle avait également espéré que la romance entre ses parents reprendrait son cours. Elle avait toujours cru aux contes de fées...

Et il faut croire qu'elle avait eu raison d'espérer car, seulement quelques mois après sa première visite à Austin, elle avait non seulement renoué des liens avec son père, Tyree, mais lui et sa mère s'étaient remis ensemble. Elle avait même gagné un demi-frère au passage, un enfant formidable qu'elle adorait. Elle était devenue tellement proche de son père, que c'était comme s'ils n'avaient jamais été séparés.

Tout cela était la preuve que tout était toujours possible. Cette fois encore, elle était certaine que la chance serait de son côté : le fait de perdre son travail n'était pas un drame, mais au contraire une chance d'en trouver un autre, encore mieux ! Et puis, elle allait aider Tyree à faire tout ce qui était nécessaire pour faire du Fix le bar le plus populaire d'Austin.

À deux heures de l'après-midi, le bar n'était pas très bondé. Quelques clients étaient encore installés à des tables, mais elle les remarqua à peine en entrant. En revanche, elle remarqua immédiatement Brent. Comment aurait-elle pu ne pas le voir ? Il était de loin le plus bel homme qu'elle ait jamais vu, avec son corps athlétique – grand et élancé – ses larges épaules, et ses bras ciselés. Elle ne l'avait jamais vu torse nu, mais elle l'avait suffisamment vu dans le t-shirt noir portant le logo du Fix pour imaginer les muscles tendus de sa poitrine et ses abdominaux dessinés. Son visage carré, ses traits fins, et ses yeux bruns pétillants la faisaient fondre chaque fois qu'elle le croisait, tout comme l'amour qui se lisait sur son visage lorsqu'il regardait sa fille de cinq ans.

Malgré cela, elle s'efforçait de ne pas succomber à l'attraction qu'elle ressentait pour lui. Elle était jeune et entamait à peine une carrière. Elle n'avait pas besoin de se caser avec un homme plus vieux qu'elle, installé dans la vie, et avec une fille en bas âge. Elle avait envie d'aventures. Il lui restait encore deux ans d'études supérieures à Austin, et, après cela, tous les horizons lui étaient ouverts. Avec la branche qu'elle avait choisie – l'urbanisme – elle pouvait travailler à peu près n'importe où.

Même en Europe ! Une perspective qui la rendait folle de joie.

Alors, même si, parfois, elle mourait d'envie de succomber à son attirance pour Brent, elle savait que cela aurait été une erreur. D'abord, lui ne semblait ressentir aucune attirance particulière pour elle, et, ensuite, il avait dix ans de plus qu'elle, sans compter qu'il était l'un des meilleurs amis de son père...

Non, décidément, elle devait garder ses distances et la tête froide.

— Qu'est-ce qui ne va pas ? lui demanda Brent, inquiet, en la voyant débarquer dans le bar, en trombe.

Malgré ses résolutions, le simple fait qu'il s'adresse à elle la troubla plus qu'elle ne l'aurait souhaité. Elle se ressaisit néanmoins, en tournant son attention vers son père.

— J'ai besoin de te parler, dit-elle à Tyree. Et à toi aussi, ajouta-t-elle en direction de Brent, espérant qu'elle avait l'air aussi naturelle que possible. C'est à propos du bar et du Centre d'Austin pour la conservation et la revitalisation du centre historique. C'est important, conclut-elle d'un air grave.

— Bien sûr, dit Brent, jetant un coup d'œil vers Tyree. Nous pouvons parler maintenant.

Il fit signe à Jenna et Reece de suivre, et Elena s'en voulut immédiatement. Elle était si pressée qu'elle n'avait même pas fait attention aux autres, notamment Jenna et Reece qui étaient les meilleurs amis de Brent.

Elle ne connaissait pas toute l'histoire, mais, de ce qu'elle savait, Jenna, Reece et Brent étaient amis d'enfance, et Reece et Jenna avaient toujours été plus ou moins amoureux l'un de l'autre jusqu'à ce qu'ils se mettent ensemble, des années plus tard.

Elle n'avait pas non plus remarqué Griffin et Beverly, en arrivant. Elle découvrit qu'ils avaient l'air d'être ensemble, ce qui la fit sourire intérieurement. Elle savait que Beverly avait été attirée par Griffin depuis des mois, mais que Griffin gardait ses distances. Victime d'un accident lorsqu'il était enfant, Griff était brûlé au quatrième degré et avait de nombreuses cicatrices sur le visage et le corps qui l'empêchaient de s'ouvrir aux autres. Beverly, en revanche, était une célèbre actrice de cinéma absolument magnifique et pétillante. Elena devait admettre qu'elle avait douté que ces deux-là finissent un jour ensemble, mais, de toute évidence, elle s'était trompée. Elle se sentit heureuse pour eux, même si cela lui rappela qu'elle était célibataire et lui donna soudain envie de vivre une histoire avec Brent.

Elle chassa immédiatement ces pensées de son esprit, puis adressa un rapide sourire à Beverly, avant de suivre Tyree, Brent, Reece et Jenna dans le back-office.

— Alors ma chérie ? dit Tyree.

Il était appuyé contre son bureau, les sourcils froncés avec un air inquiet.

Il était grand, et avait la peau aussi mate que la sienne – c'était d'ailleurs à peu près tout ce qu'elle avait hérité de lui. Pour le reste, elle avait la carrure fine et élancée, les pommettes hautes, et les grands yeux de sa mère. Et depuis qu'elle s'était coupé les cheveux courts, la mère et la fille se ressemblaient comme deux gouttes d'eau.

Elle ressemblait si peu à Tyree que, même s'il ne le lui avait jamais dit, elle savait qu'il avait douté qu'elle soit sa fille, au début. Il avait supposé qu'elle était peut-être la fille de David, l'homme qu'Eva avait épousé après que Tyree avait été tué au combat – ou, en tout cas, après qu'on lui avait fait croire qu'il avait été tué.

Elena se souvenait à peine de David – le mariage avait été arrangé par son grand-père, et Eva avait finalement divorcé de lui quand Elena n'avait que quatre ans. Tyree était donc le seul père qu'elle connaissait. Certes, ils avaient de nombreuses années à rattraper, mais cela rendait leur relation encore plus singulière et intense.

— Que se passe-t-il ? reprit Tyree. Je vois bien que tu as quelque chose à nous annoncer, mais je n'arrive pas à savoir si c'est une bonne ou une mauvaise nouvelle...

— Disons que c'est une mauvaise nouvelle pour moi, mais une bonne nouvelle pour vous, déclara Elena. Ou, du moins potentiellement bonne, ajouta-t-elle d'un air mystérieux.

Brent et Reece échangèrent des regards rapides, tandis que Tyree se leva de son bureau pour s'approcher d'elle, l'air de plus en plus inquiet.

— Comment ça, une mauvaise nouvelle pour toi ?

— Rien de grave, ne t'inquiète pas, le rassura-t-elle. Je n'aurais pas dû dire ça. Je suis surtout venue vous annoncer quelque chose que j'ai entendu...

— Dis-nous ! l'encouragea Brent. Tu as dit que ça concernait le Fix ?

— Oui, répondit-elle en s'asseyant sur une chaise placée devant le bureau de son père. Vous savez que je travaillais au Centre d'Austin pour la conservation et la revitalisation du centre historique, n'est-ce pas ?

— *Travaillais* ? souligna Brent, qui faisait toujours attention au moindre détail.

Aussitôt, Tyree s'approcha de sa fille, convaincu cette fois que quelque chose n'allait pas.

— Elena ? Que s'est-il passé ? la pressa-t-il.

Elle les regarda tous les deux.

— Attendez. J'y arrive...

Elle sentit le regard de Brent posé sur elle et se dit qu'elle devait absolument éviter de le regarder si elle voulait pouvoir terminer son histoire. Il était beaucoup trop séduisant...

— Ils m'ont appelé ce matin – enfin, Cecily, ma supérieure, m'a appelée. Elle m'a dit qu'ils étaient très impressionnés par mon travail et que, selon elle, je pourrais aller loin dans l'entreprise. J'étais très flattée, mais je sentais qu'elle avait autre chose à me dire.

Elle enfreignit la règle qu'elle venait de se fixer à elle-même et jeta un coup d'œil en direction de Brent, lequel la regardait attentivement.

— En tout cas, reprit-elle en se forçant à détourner le regard, elle a fini par me dire que leur Conseil d'administration s'était réuni, et qu'ils avaient décidé de supprimer mon poste pour raisons économiques.

— Oh, chérie, je suis vraiment désolé, lui dit Tyree d'un ton compatissant.

— Elle m'a assuré que ça n'avait rien à voir avec moi, qu'ils auraient adoré me garder, mais que ce n'était tout simplement pas possible. Mais ils m'ont fait une super lettre de recommandation, s'empressa-t-elle de dire pour rassurer son père, autant qu'elle-même. Bref, reprit-elle. Alors que j'étais en train de ranger mes affaires dans mon bureau, j'ai surpris une conversation dans la pièce d'à côté.

Elle fit une pause et regarda à nouveau en direction de Brent, s'empressant de détourner le regard et de s'adresser à son père pour ne pas perdre pied.

— Le Centre est une organisation à but non lucratif, poursuivit-elle, mais ils travaillent en étroite collaboration avec la ville, et, apparemment, il a été décidé de mettre en valeur le patrimoine historique de la sixième rue. Il semblerait que beaucoup de gens ne savent même pas qu'auparavant, elle s'appelait *Pecan Street*. Ils veulent donc demander aux entreprises installées dans les bâtiments historiques de la rue d'organiser des visites, et d'avoir sur leur comptoir des dépliants touristiques sur l'histoire de la rue et de la ville en général.

— C'est une bonne idée ! intervint Jenna qui était assise sur une chaise, une main protectrice posée sur son ventre.

— C'est aussi mon avis, renchérit Elena. Et je me suis même dit que nous pourrions prendre les devants, dit-elle en regardant son père. Puisque nous connaissons les intentions de la ville, nous pourrions prendre les devants et nous placer en tant que chefs de file dans la campagne visant à sensibiliser les gens au caractère historique du quartier. Je suis sûre qu'ils vont mettre sur pied une sorte de comité, ajouta-t-elle. Si nous leur montrons suffisamment tôt que nous sommes intéressés par le projet, nous pourrions occuper une place importante dans le comité. À mon avis, il faudrait même aller les voir en leur disant que vous aimeriez développer le caractère historique du quartier, du bâtiment... Cela permettrait d'engager le dialogue, vous voyez ?

Elle regarda tout le monde.

— Je sais que ce genre de chose me passionne plus que vous. Mais il faut voir cela comme une occasion de développement. Je suis persuadée que ce serait une excellente occasion d'accroître encore davantage la réputation du Fix dans la ville...

Tyree regarda Reece, avant de prendre la parole.

— Ce sont d'excellentes informations, déclara-t-il. Surtout que, grâce à la hausse de notre chiffre d'affaires généré par les élections de l'homme du mois, nous allons échapper à la faillite et allons continuer d'exister pendant un bon bout de temps...

— Ce qui veut dire que nous avons tout intérêt à nous impliquer dans la vie du quartier, compléta Jenna. C'est vrai que d'ajouter une dimension historique à notre service pourrait être un avantage. Nous pourrions par exemple demander à Spencer et Brooke de présenter quelques faits historiques lors du dernier épisode de Réno Boutique. Sans compter que nous avons déjà un rôle majeur dans le quartier grâce à l'organisation du salon de l'alimentation.

— C'est vrai, dit Elena.

En effet, lorsqu'elle était arrivée à Austin, le bar venait de lancer l'élection de l'Homme du mois, un concours de beauté masculin, dans l'objectif d'attirer davantage de clients et d'augmenter le chiffre d'affaires du bar, afin d'éviter la faillite. L'opération avait largement dépassé les attentes de Tyree et de ses associés, et l'avenir du bar était largement assuré.

Forte de ce succès, toute l'équipe du bar avait alors

recherché d'autres moyens de maintenir la nouvelle réputation du Fix. Et c'était ainsi que l'idée d'un salon de l'alimentation avait émergé. Jenna s'était chargée de l'organisation et, au fur et à mesure que la date approchait, des dizaines de restaurants et de magasins d'alimentation spécialisée d'Austin s'étaient inscrits pour participer. Or, comme le Fix était l'initiative du projet, le nom et le logo du bar allaient être partout dans la salle de bal de l'hôtel Winston, où devait être organisée la soirée de clôture.

— Tout cela est parfait, déclara Tyree. Mais tu ne nous as pas dit ce que tu comptais faire, dit-il à Elena d'une voix ferme qui trahissait son inquiétude pour elle.

— Moi ?

— Oui toi..., répondit-il. Tu as quitté ton travail ici pour rejoindre le Centre. Mais maintenant que tu ne vas plus travailler là-bas, comment comptes-tu gagner ta vie ?

— Papa..., soupira-t-elle.

L'expression sérieuse de Tyree s'adoucit.

— J'adore quand tu m'appelles comme ça ! dit-il avec un large sourire.

Elle leva les yeux au ciel, mais c'était uniquement par pudeur. Car, en réalité, elle aussi adorait l'appeler « papa ». Et ils le savaient tous les deux.

— Je vais chercher un travail, le rassura-t-elle en lui tendant sa main, qu'il prit dans la sienne. Ils m'ont dit qu'ils pourraient me garder comme stagiaire, mais ce n'est pas sûr – ils doivent en parler avec le Conseil d'administration...

— Mais, de toute façon, si tu étais stagiaire, tu ne serais pas rémunérée, si ? souligna Tyree.

— Non, mais cela me permettrait d'acquérir de l'expérience, répondit-elle, un brin tendue.

— Pourquoi ne reviendrais-tu pas travailler ici ? lui proposa-t-il. Nous sommes en train de chercher quelqu'un pour un temps partiel...

Elena se détendit, soulagée. Elle n'avait pas osé demander à son père, mais elle avait cruellement besoin de travailler. Mais, juste au moment où elle s'apprêtait à remercier Tyree, Jenna intervint.

— Je suis désolée, dit-elle en allant se placer aux côtés de Brent. Mais j'ai embauché quelqu'un ce matin.

— Mais nous n'avons même pas encore publié le poste, lui fit remarquer Tyree, les sourcils froncés.

— Je sais, répondit Jenna. Mais c'est une fille qui m'a appelée la semaine dernière et j'ai donc pensé à elle quand le poste s'est libéré... Mais, Brent, tu cherches une baby-sitter, non ? suggéra-t-elle en donnant un coup de coude à son voisin. La tienne vient de te lâcher, il me semble ? Je suis sûre qu'Elena serait parfaite ! ajouta-t-elle avec un clin d'œil.

Le cœur d'Elena se mit à battre la chamade tandis qu'elle s'imagina être chez lui, l'attendre tard le soir, découvrir sa fille... Certes, elle ne le verrait presque jamais, mais elle s'apprêtait à rentrer sur un terrain miné.

— C'est vrai, dit Brent d'un ton désinvolte qui la fit chavirer. Est-ce que ça te conviendrait ?

— Euh..., fit mine d'hésiter Elena, espérant que personne n'entendait son cœur tambouriner dans sa poitrine. Oui, bien sûr, répondit-elle d'un air innocent.

Charismatiques. Dangereux. Terriblement Sexy.
Découvrez les hommes de Stark Sécurité.
En mille éclats
En mémoire de nous
En demi-teinte

Je sais que je ne devrais pas le désirer.

J'aimerais tant ne pas éprouver ce besoin.

Chaque jour qui passe, je prie pour que la douleur si douce de la nostalgie s'efface enfin. Mais elle demeure.

Dès le réveil, je ressens la douleur. Je retombe dans ces souvenirs qui me blessent aussi profondément que la lame d'un couteau. Balayée, la passion. Éradiqué, l'amour.

Autrefois, il y avait un homme qui me désirait. Désor-

mais, il ne reste qu'une plaie noircie, comme la brûlure imprimée dans la terre après une explosion nucléaire.

Dès le réveil, je me raccroche à la colère.

Mais dans mes rêves, je capitule toujours.

Je me convaincs que je suis mieux sans lui. Pourtant, j'ai besoin de lui. De ses compétences. De son aide.

Il ne me reste aucune option. En lui convergent désir et crainte. Je ne peux que prier pour ne pas me briser comme du verre sous le poids de mes regrets.

1

Bâti en 1931, l'hôtel historique Hollywood Terrace régnait en maître sur le célèbre boulevard. C'était l'endroit où voir et être vu. Mais le temps a pris sa revanche et, comme la beauté fanée des starlettes de l'Âge d'Or, le palais Art Déco est tombé en décrépitude. Les élégantes garçonnes ont cédé la place aux hippies et aux Baby Boomers, qui à leur tour ont été remplacés par les Millennials alors que le vingtième et unième siècle succédait inexorablement au vingtième.

Pendant la première décennie du nouveau millénaire, l'icône autrefois majestueuse est restée délabrée, à l'abandon. Sa façade en stuc s'est décolorée en une teinte grisâtre et terne, les fenêtres couvertes de crasse et fendillées, les célèbres jardins envahis par la vermine et les mauvaises herbes.

Le sort réservé aux salles intérieures n'était guère meilleur. La tuyauterie fuyait, gagnée par la moisissure, et les rats détalaient dans les couloirs devant les chats errants qui avaient élu domicile dans les recoins obscurs. Les tapis pourrissaient. Le papier peint tombait en lambeaux. Et une fine couche de poussière recouvrait chaque surface telle une couverture négligée.

Avec la détermination d'un boxeur dans la tourmente, le bâtiment s'est débattu tant bien que mal pour rester digne en dépit des assauts des intempéries, des séismes et de la parade monotone du progrès dont témoignaient de nouvelles devantures flambant neuves. Lorsqu'un ruban jaune sur lequel on pouvait lire *Dangereux* et *Défense d'entrer* fut tendu devant les portes vitrées finement ouvragées, les riverains comprirent que le dernier coup avait été porté.

Puis Scott Lassiter a surgi de nulle part, à la rescousse. En fin de compte, l'histoire du Hollywood Terrace n'était pas un film de boxe. C'était l'histoire d'un renouveau. *My Fair Lady* pour l'hôtel délabré.

Le promoteur immobilier international n'a pas lésiné pour rendre au Hollywood Terrace sa splendeur d'antan, ravivant le joyau qu'il était un siècle auparavant. Il a transformé les salles de conférence de la mezzanine en suite de bureaux privés rien que pour lui, il a installé sa résidence au tout dernier étage et il a complété le tout par une piscine d'intérieur et une salle de bal somptueuse.

Tout le gratin a assisté à l'inauguration en grande pompe, cinq ans plus tôt, et Lassiter a été acclamé en héros par les gros bonnets de la ville. Un faiseur de miracles. Un vrai citoyen, dévoué à la préservation de l'histoire qui avait placé ce coin de la Californie du Sud sur la carte, quand les premiers pionniers armés de caméras s'étaient rassemblés sur cette terre d'aubaines et de soleil.

La fête du siècle a fait les gros titres des journaux dans le monde entier. Étant donné que le tout-Hollywood comptait parmi les invités, l'histoire était trop belle pour ne pas être publiée.

La fête de ce soir était encore plus somptueuse. Des dizaines et des dizaines d'invités occupaient la salle de bal Art Déco soigneusement restaurée, avec ses couleurs vives et ses motifs géométriques. Les revenus combinés des clients internationaux bien nantis faisaient passer la fortune des stars d'Hollywood pour de l'argent de poche d'adolescents. Le champagne millésimé coulait à flots dans des fontaines d'argent pur. Les femmes évoluaient sur les carreaux de marbre en robes de soirée conçues pour mettre en valeur des atouts de nature différente. Quant aux hommes en costume à moins de vingt-cinq mille dollars, ils passaient pour de simples frimeurs.

Ce soir-là, malgré tout ce beau monde auréolé de

pouvoir et d'argent, la presse n'était pas admise dans la salle de bal. Aucun photographe en quête d'images sexy à poster sur Page Six ou Instagram. Au contraire, cette fête était un événement intime, donné par Lassiter dans son fief privé.

Seule une clientèle triée sur le volet y avait été conviée.

Quincy Radcliffe, agent de Stark Sécurité, ne figurait pas sur la liste d'invités. Ou du moins, pas officiellement. Ce qui ne l'empêcha pas de faire signe à un serveur qui passait pour un scotch soda.

Il le sirota lentement, observant d'un œil désintéressé le flot d'hommes en costume et de femmes aux coiffures sophistiquées qui tournaient autour de Lassiter, comme s'ils venaient rendre hommage à un dieu.

Bande de fous aveugles.

Tout ce qu'ils voyaient, c'était l'argent et le pouvoir de Lassiter. Ils ne se doutaient pas que le compte en banque généreux de leur hôte devait moins à son porte-feuille immobilier qu'au pourcentage qu'il prélevait sur le blanchiment d'argent et les programmes de protection.

Scott Lassiter était un connard manipulateur qui avait planté ses serres dans le monde criminel de la pègre. Un jour, Quincy se ferait un plaisir de tirer le tapis sous les pieds de ce bon à rien, s'assurant de lui offrir un panorama bien différent de celui de son appartement luxueux. Avec une dizaine de barreaux à la fenêtre.

Cependant, ce n'était pas au programme de ce soir. Pour l'instant, Lassiter était le moindre de deux maux, et si tout se déroulait comme prévu, ce branleur pathétique le conduirait sans le savoir vers le monstre à la tête d'un trafic d'esclaves sexuelles, le sous-homme au cœur de la mission de ce soir : *Corbu. Marius Corbu.*

— Il est incroyable, n'est-ce pas ?

La blonde aux yeux bruns qui venait de susurrer avait de longs cheveux lisses dans le dos et une frange qui venait effleurer ses sourcils parfaitement arqués. Elle portait une robe dorée vaporeuse et du maquillage si subtil qu'il était presque invisible, à l'exception du trait d'eye-liner noir qui soulignait ses grands yeux de biche et du rouge à lèvres si éclatant qu'il lui faisait penser à une cerise mûre.

— Vous parlez de notre hôte, Monsieur Lassiter ?

Elle gloussa et le champagne clapota dans son verre quand elle fit mine de taper dans ses mains.

— Oh, waouh ! se récria-t-elle comme une adolescente, d'une voix haut perchée. Vous êtes britannique.

— Nom de Dieu, en êtes-vous certaine, ma chère ?

Une fois de plus, elle rit.

— Et vous êtes drôle, avec ça. Non, comment dites-vous en Grande-Bretagne ? *Plaisant.* Vous êtes fort plaisant.

Elle pencha la tête pour le dévisager. Il savait ce qu'elle voyait. Des cheveux noirs, un visage fin et des yeux gris enfoncés. Il portait un costume Ermenegildo Zegna sur mesure, plus cher que sa voiture. D'après son associée, Denise, il était « fabuleusement baisable ».

Apparemment, la blonde était d'accord, parce qu'il vit le moment précis où son air amusé céda le pas à une attitude plus prédatrice.

— J'aime les hommes qui ont de l'humour.

Sa voix était grave, suave.

— Un homme qui rit doit savoir faire d'autres choses intéressantes avec sa bouche.

Elle inclina la tête avec provocation.

— Je m'appelle Desiree. Et vous ?

— Canton, dit-il, lui donnant le nom correspondant à son personnage pour cette mission, un gestionnaire de fonds spéculatif basé à Hong Kong. Robert Canton.

Elle s'approcha de lui d'un pas chaloupé. Sa robe opaque sembla transparente lorsqu'elle s'avança dans une flaque de lumière. Elle était entièrement nue sous le tissu léger et il sentit son corps se contracter, par réflexe et non par désir. Lentement, elle fit courir ses doigts sur le revers de sa veste avant de descendre jusqu'à poser la main sur sa queue. Elle était dure – c'était un humain, après tout. Il n'était pas étonné. L'objet de cette soirée, c'était le sexe. Le sexe tarifé, cru et anonyme. Et il ne restait jamais insensible aux charmes d'une belle femme.

Elle posa sa main libre sur son épaule en se penchant pour murmurer :

— Eh bien, je suis tout à vous, Monsieur Canton. Comme vous le désirez, jusqu'au lever du jour.

Elle mordilla son lobe d'oreille et il se dit que ce serait très facile. Elle était prête à faire à peu près tout – c'était tout l'objectif de cette petite sauterie. Et il avait grand besoin de se détendre un peu.

Certaines opérations étaient plus ardues que d'autres et celle-ci était une vraie galère. Elle lui échauffait la tête. Pire encore, elle lui échauffait le sang. Et elle le consumait lentement comme un poison. Ou plus précisément, comme une mèche allumée. S'il la laissait brûler trop longtemps, il finirait par exploser. Les souvenirs sombres prendraient le dessus, le monstre imposerait son contrôle et...

Nom de Dieu.

— Oh, je crois que c'est un oui.

Elle commença lentement à le caresser.

— Je n'ai jamais baisé d'Anglais et je vous promets que je vaux le coup. Je vous en prie, dites-moi que vous n'avez pas déjà donné votre clé à une autre fille.

Il afficha un léger sourire avant de retirer sa main de son entrejambe.

— Désolé, chérie. Je ne doute pas que vous sauriez me satisfaire, mais ma clé est déjà promise.

— *Peut-être pas*, fit alors une voix de femme à son oreille.

C'était Denise, qui se trouvait en ce moment même sur le toit de l'autre côté de la rue. Ainsi que dans son oreille. Elle entendait absolument tout étant donné que leurs oreillettes étaient en mode VOX.

— *Je n'arrive pas à mettre en place le bras du transmetteur. Je vais devoir rester ici et le positionner manuellement.*

— Nom de Dieu.

— Quoi ? fit Desiree.

— Quel dommage que je ne puisse pas vous inviter dans mon lit ce soir. Mais les règles sont les règles.

Et les règles de cette soirée reprenaient celles des fêtes bourgeoises des années soixante et soixante-dix. En résumé, un homme choisissait une femme en prenant sa clé et il passait la nuit à profiter de son corps, comme l'avait dit Desiree, selon ses moindres désirs jusqu'au lever du soleil.

La beauté de la soirée, du point de vue des hommes, était que toutes les femmes étaient gagnées d'avance. C'étaient des call-girls haut de gamme, grassement payées par Lassiter. Y compris Denise – c'était Candy, son pseudonyme, qui touchait ce généreux salaire.

Quant aux hommes, ils payaient à Lassiter une coquette somme, soi-disant le prix d'une chambre d'hôtel. En réalité, le payement leur assurait le privilège de trouver une Miss Parfaite prête à satisfaire tous leurs fantasmes, leurs lubies et leurs envies les plus spéciales. En prime, ils avaient la satisfaction d'acheter une nuit de sexe sans payer officiellement pour cela.

Quince n'avait pas besoin d'une femme dans sa chambre. Il avait besoin d'une partenaire qui fasse le guet et maintienne l'amplificateur de signal en parfait alignement avec le transmetteur et l'ordinateur de Lassiter. Le transmetteur contre lequel luttait Denny sur le toit voisin ne serait d'aucune utilité s'il ne pouvait pas capter le signal dans sa chambre du troisième étage pour l'amplifier jusqu'au niveau mezzanine, où Quincy pourrait pirater l'ordinateur de Lassiter.

Et bien que Desiree soit disposée à satisfaire ses désirs les plus excentriques, il doutait qu'elle considère comme une forme de fétichisme le piratage du système de Lassiter. D'ailleurs, elle était déjà repartie à la recherche d'un autre propriétaire de clé.

C'est la vie.

— Tu te rends compte que ça pose un problème, murmura-t-il en levant son verre pour dissimuler le mouvement de ses lèvres avant de boire une longue gorgée dont il avait grand besoin.

— *Non, sans blague ? Heureusement que tu es là pour m'expliquer comment ça fonctionne.*

Il réprima un petit rire.

— Du calme, du calme.

— *Tu ne me vois pas, mais je te fais un doigt d'honneur, là.*

— Je te reconnais bien là.

Il s'approcha de la fenêtre afin de lui parler plus facilement, gardant un œil attentif sur les invités dans le reflet tout en faisant mine d'admirer Hollywood en contrebas. Denny était à son poste, perchée sur un ancien grand magasin reconverti en immeuble de bureaux.

— *Fait chier. Je vais utiliser une bande de ruban adhésif pour me rapprocher au maximum de la perfection. Je pourrai revenir illico presto. Tu as besoin de moi dans cette pièce.*

En effet. Mais ils avaient également besoin de pouvoir se fier à la transmission. Cette mission était cruciale pour la force opérationnelle conjointe entre l'Espagne et les États-Unis visant à faire tomber Corbu et son trafic international d'esclaves sexuelles. Stark Sécurité avait été embauché pour gérer cette étape hautement sensible. Une seule mission pour entrer, obtenir et décrypter les coordonnées des nombreux contacts de Lassiter, puis communiquer à la force opérationnelle le protocole nécessaire pour contacter Corbu.

S'il échouait, Stark Sécurité perdrait la réputation qu'ils venaient d'acquérir dans la communauté des renseignements internationaux. Plus important encore, des milliers de vies innocentes étaient en jeu et l'éventail des opportunités était réduit. Comme on le disait à la NASA, l'échec n'était pas une option.

— J'arrive, dit-il.

Il savait très bien qu'elle était compétente, mais il devait essayer.

— Je pourrais peut-être fixer le bras.

— *On n'a pas le temps. Je dois capter le signal dans quinze minutes et tu dois être en poste dans vingt minutes. Passé ce laps de temps, nous sommes foutus.*

Il sortit de sa poche la montre à gousset Patek Philippe qui avait appartenu au père qu'il avait à peine connu. D'une finesse exceptionnelle, elle était toujours à l'heure exacte, mais ce n'était pas pour cette raison que Quincy la portait toujours avec lui. C'était presque religieux, superstitieux.

La Patek Philippe était un souvenir du passé et une mise en garde contre l'avenir.

Elle ne l'induirait jamais en erreur, et en cet instant, elle lui disait que Denny avait raison.

Et merde.

— D'accord, dit-il. Ramène-toi.

C'était un risque énorme, mais l'appareil puissant était conçu pour permettre la transmission et la réception des quantités massives de données nécessaires au logiciel de décryptage performant des services de renseignements. Avec un peu de chance, l'ancre mise en place par Denny autoriserait le transmetteur à capter le signal et à le relayer à l'amplificateur dans la chambre d'hôtel de Quincy. Cet appareil fonctionnait comme un routeur WiFi. Il diffuserait le signal à l'intérieur de l'hôtel, où il serait intercepté par la technologie dont Quincy se servirait pour pirater le système de Lassiter.

Cependant, pour que cela fonctionne, le signal du transmetteur devait atteindre l'amplificateur avec une précision redoutable. Sinon, l'amplificateur relaierait tout et n'importe quoi à Quincy et à son logiciel haut de gamme créé par Stark Technologies Appliquées. La situation n'était pas idéale, mais ils n'avaient pas le choix.

Une fois de plus, il se tourna vers la salle. Il devait savoir où était Lassiter pour pouvoir s'éclipser sans se faire remarquer dans la chambre qui lui avait été attribuée au troisième étage. *Voilà.*

Lassiter se tenait dans un groupe de cinq hommes et deux femmes, sa main dans le dos d'une brune élancée. Les cheveux auburn de la jeune femme tombaient sur ses épaules, et sa robe dos nu très échancrée révélait sa peau lisse, quasiment jusqu'à ses fesses parfaites en forme de cœur. Il y avait quelque chose de très familier chez elle...

Aussitôt, il écarta cette pensée hors de propos.

— Bon, j'ai repéré Lassiter. Je me dirige...

Soudain, elle se retourna et il aperçut son visage.

Il se figea. Pétrifié, comme un arrêt sur image.

Eliza ? Il était impossible que ce soit Eliza.

— *Quince ? fit Denny d'une voix tendue. C'est Lassi-*

ter ? Il se doute de quelque chose ?

— Ce n'est pas Lassiter. Un fantôme.

— *Quoi ?*

C'était forcément un fantôme. La femme aux cheveux auburn et aux yeux bleu clair. La femme dont les fossettes avaient fait battre son cœur.

La femme qu'il avait adorée. Dont le parfum s'attardait encore dans ses rêves.

La femme qu'il avait aimée plus passionnément qu'il l'aurait cru possible. Et qui, à présent, devait le haïr plus qu'il ne pouvait l'imaginer.

Il était improbable que cette femme se trouve à une soirée telle que celle-ci. Impossible.

Vraiment ?

Mon Dieu, mais dans quoi était-elle venue se fourrer ?

Sans en avoir conscience, il s'approcha d'elle. Ses longues enjambées franchirent la distance qui les séparait tandis que Denny poursuivait, à son oreille :

— *Que se passe-t-il ? Bon sang, j'arrive. On se retrouve à la chambre dans quatre minutes.*

Il savait qu'il aurait dû se retourner. Il y avait trop d'enjeux dans cette mission. Les vies et la liberté d'un trop grand nombre d'innocentes qui seraient prises au piège du trafic sexuel roumain. Plusieurs milliers de victimes tourmentées, y compris une fille de treize ans, angélique et terrorisée.

C'était après son enlèvement que la force opérationnelle européenne était entrée en action. Fille du prince-régent de l'une des plus petites monarchies européennes, la princesse avait été enlevée à l'occasion d'une sortie scolaire. Son père avait fait appel au chef de la force opérationnelle, un ancien camarade de l'Université d'Eaton, ouvrant les énormes coffres de la monarchie pour financer les mises en œuvre nécessaires afin de retrouver la fille et anéantir le trafic de Corbu.

Quincy frissonna quand l'image d'une autre adolescente lui apparut. *Shelley.* Ses yeux pleins de confiance. Ses sanglots étouffés. Et ses propres cris de terreur et d'impuissance alors qu'une douleur explosive le dévastait et que le monde s'effondrait autour de lui.

En cet instant, il savait ce qu'il avait à faire.

— Reste sur le toit, ordonna-t-il à Denny.

— *Quoi ? Mais...*

— Fais-moi confiance. Je gère.

Il avait été trop faible pour sauver Shelley.

Il l'avait laissé tomber. Il avait échoué.

Il était hors de question qu'il échoue à nouveau.

Même si pour cela, il devait intégrer Eliza Tucker dans ce projet aberrant.

Charismatiques. Dangereux.
Terriblement Sexy.
Découvrez les hommes de Stark Sécurité.

Envie d'en découvrir plus ? Voici un extrait du premier tome de la série de l'Ange déchu
Mon Ange Déchu
Mon Doux Péché
Ma Cruelle Rédemption

————

Charismatique. Sûr de lui. Puissant. Autoritaire.

Investisseur brillant qui change en or tout ce qu'il touche, Devlin Saint est parti d'un modeste héritage pour décrocher des milliards. À présent, il est à la tête de l'un des organismes de bienfaisance les plus en vue sur la scène internationale. C'est un homme déterminé à aider les plus démunis, à combattre l'injustice et à rendre le monde meilleur. C'est du moins une partie de la vérité.

Mais ce n'est pas toute la vérité.

Parce que Devlin Saint cache un secret redoutable. Et il est prêt à tout pour le protéger. Quand Ellie Holmes, journaliste d'investigation, s'intéresse à un meurtre non résolu, elle se retrouve empêtrée dans un nœud d'intrigues et de passion, tandis que Devlin se rapproche dangereusement. Mais alors qu'entre eux, l'intensité et la sensualité montent en flèche, les soupçons d'Ellie suivent la même courbe. Jusqu'à ce qu'elle en vienne à douter de l'authenticité de leur relation torride, craignant qu'il ne s'agisse que d'une façade derrière laquelle il cache des secrets sombres et tortueux.

MON ANGE DÉCHU
MON DOUX PÉCHÉ
MA CRUELLE RÉDEMPTION

CHAPITRE 1

Le vent me cingle le visage et le soleil de l'après-midi m'éblouit alors que je descends le long tronçon de Sunset Canyon Road, à plus de cent soixante à l'heure.

Mon cœur bat la chamade et mes paumes sont

moites, mais ce n'est pas à cause de la vitesse. Au contraire, c'est exactement ce dont j'ai besoin. L'adrénaline. Le frisson. Je suis une vraie droguée, et ces sensations m'affectent comme une surconsommation de sucre chez un enfant en bas âge.

Honnêtement, je dois mobiliser toute ma volonté pour ne pas mettre ma Shelby Cobra 1965 à l'épreuve et faire monter son puissant moteur dans les tours.

Cela dit, je ne peux pas. Pas aujourd'hui. Pas ici.

Parce que je suis de retour, et mon retour à la maison a réveillé des papillons dans mon ventre. Chaque virage de cette route me rappelle des souvenirs. Des larmes m'obstruent la gorge et j'ai les entrailles nouées.

Bon sang.

J'écrase la pédale d'embrayage, appuie sur le frein et passe au point mort tout en décrivant une embardée sur la gauche. Les pneus protestent dans un crissement tandis que je fais demi-tour, m'engageant sur la voie inverse. L'arrière de la voiture décroche dans un dérapage, avant de s'arrêter pile en droite ligne. J'ai le souffle court, et honnêtement, je crois que ma Shelby aussi. C'est plus qu'une voiture pour moi, c'est la meilleure amie de toute une vie, et en temps normal, je ne la pousse pas autant.

Maintenant, cependant...

Eh bien, maintenant, elle est dangereusement proche du bord de la falaise, toute son aile du côté passager parallèle avec le vide. De là, j'ai une vue imprenable sur la côte, dans le lointain. Sans parler d'un magnifique aperçu du petit centre-ville en contrebas.

Je tire sur le frein à main, le cœur dans la gorge. Ce n'est qu'une fois certaine que nous n'irons pas dévaler à flanc de falaise que je coupe le moteur de la Shelby, essuie mes paumes moites sur mon jean et autorise mon corps à se détendre.

Bien le bonjour, Laguna Cortez.

Avec un soupir, je retire ma casquette de baseball, laissant mes boucles foncées rebondir librement autour de mon visage, jusque sur mes épaules.

— Ressaisis-toi, Ellie, murmuré-je avant de prendre une profonde inspiration.

Pas tant pour le courage – je n'ai pas peur de cette ville –, mais pour la maîtrise de mes nerfs. Parce que Laguna Cortez m'a déjà mise à terre, autrefois, et il va me falloir toutes mes forces pour arpenter à nouveau ses rues.

Encore une respiration, puis je sors de la voiture. Je rejoins le bas-côté de la route. Il n'y a pas de parapet, et de la terre ainsi que quelques pierres dévalent le talus lorsque je m'arrête tout au bord, presque en équilibre.

En dessous, des rochers dentelés dépassent des parois du canyon. Plus bas, les arêtes saillantes s'adoucissent pour former une pente douce avec des maisons diverses nichées parmi les rochers et les broussailles. Les toits de tuiles suivent la route sinueuse qui mène au quartier des arts. Lovés dans la vallée, encadrée sur trois côtés par des collines et des gorges, les lieux s'ouvrent sur la plus grande plage de la ville qui attire un flux constant de touristes et de locaux.

Pour tout le monde, Laguna Cortez est l'un des joyaux de la côte Pacifique. Une ville à l'atmosphère décontractée, avec un peu moins de soixante mille habitants et des kilomètres de plages de sable et de galets.

La plupart des gens donneraient leur bras droit pour vivre ici.

En ce qui me concerne, c'est l'enfer.

C'est ici que j'ai perdu mon cœur et ma virginité. Sans parler de tous mes proches. Mes parents. Mon oncle.

Et Alex.

Le garçon que j'aimais. L'homme qui m'a brisée.

Il ne reste plus personne ici, pour moi. Ma famille, tous sont morts. Et Alex est parti depuis longtemps.

Moi aussi, je me suis enfuie, impatiente d'échapper au poids du deuil et à l'aiguillon de la trahison. Je me suis juré de ne jamais remettre les pieds ici.

Et je croyais résolument que rien ne me ferait revenir.

Or à présent, dix ans plus tard, me revoilà, ramenée en enfer par les fantômes de mon passé.

Blackwell-Lyon Sécurité
Nos adorables mensonges
Nos drôles de jeux
Nos belles erreurs
Nos plus beaux rôles

Je ne crois pas aux relations, mais je crois à la baise.

Pourquoi, me demandez-vous ? Bon sang, je pourrais écrire un bouquin. *Petit Guide vers le succès financier, émotionnel et professionnel.* Mais franchement, pourquoi s'embêter avec un livre alors que la thèse entière se résume à cinq mots : Ne vous engagez pas. Baisez.

Écoutez-moi bien.

Les relations, ça prend du temps, et quand vous essayez de lancer votre société, vous devez consacrer chaque heure de votre vie au travail. Vous pouvez me croire. Ça fait quelques mois que mes amis et moi avons créé Sécurité Blackwell-Lyon, et nous bottons des culs vingt-quatre heures sur vingt-quatre et sept jours sur sept. Missions, réunions, et développement d'une solide base de clients.

Nos engagements s'avèrent payants. Je vous garantis que notre tableau de service ne serait pas aussi bien rempli si je passais une grande partie de mon précieux temps de travail à répondre aux messages d'une petite amie qui manquerait de confiance et me demanderait pourquoi je ne lui envoie pas de sextos toutes les dix minutes. Alors, zappez les relations amoureuses et vous verrez vos affaires prospérer.

Et puis, les coups d'un soir n'exigent pas de cadeaux ni de fleurs. Un verre et un dîner, peut-être, mais de toute façon, il faut bien manger, non ? Un déjeuner gratuit, ça n'existe peut-être pas, mais on peut très bien baiser à l'œil.

En fait, ce sont les avantages émotionnels qui m'intéressent le plus. Pas besoin de marcher sur des œufs parce que madame est d'humeur casse-pied. Pas de piège parce qu'elle exige de savoir pourquoi j'ai préféré la soirée poker au dernier mélo à l'eau de rose avec un acteur métrosexuel bronzé coiffé d'un chignon. Pas d'inquiétude à se demander si elle se tape un autre type quand elle ne répond pas à ses messages.

Et surtout, finis les gouffres abyssaux de chagrin quand elle rompt vos fiançailles deux semaines avant le mariage parce que, tout compte fait, elle ne sait plus trop si elle vous aime.

Non, je ne suis pas amer. Plus maintenant.

Mais je suis lucide.

La vérité, c'est que j'aime les femmes. Leur rire. La sensation de leur corps. Leur parfum.

Je prends mon pied en leur procurant du plaisir. Quand elles se liquéfient dans mes bras et me supplient de leur en donner plus.

Je les aime, certes. Mais je ne leur fais pas confiance. Et je ne me ferai pas baiser une seconde fois.

Pas comme ça, en tout cas.

Alors voilà. C.Q.F.D.

Je ne fais pas dans les relations. J'ai des histoires d'un soir. Je mets un point d'honneur à offrir à chaque femme qui partage mon lit l'aventure de sa vie.

Mais c'est un chemin à sens unique et je ne reviens pas en arrière.

C'est ma façon de faire. J'ai arrêté les relations il y a longtemps.

Alors, quand je me gare devant le Thym, ce nouveau restau à la mode dans le quartier huppé de Tarrytown, à Austin, et que je remets mes clés au voiturier, je m'attends à la procédure habituelle. Des bavardages sans conséquence. Quelques apéritifs. Un peu trop d'alcool et l'adrénaline qui l'accompagne. Puis un saut dans mon appartement du centre-ville pour un peu d'action en milieu de semaine.

Or, au lieu de ça, je tombe sur *elle*.

J. Kenner

J. Kenner (alias Julie Kenner) est une auteure de best-sellers internationaux figurant aux classements des journaux *New York Times*, *USA Today*, *Publishers Weekly* et *Wall Street Journal*. Elle a écrit plus d'une centaine de romans, de romans courts et de nouvelles dans toutes sortes de genres littéraires.

Selon *Publishers Weekly*, JK est une auteure qui a un « don pour le dialogue et la création de personnages excentriques », et le *RT Bookclub* estime qu'elle a su « répondre aux besoins du marché en créant des antihéros scandaleusement attirants et dominateurs, et des femmes qui fondent pour eux. » Six fois finaliste de la prestigieuse récompense RITA (*Romance Writers of America*), JK a remporté son premier trophée RITA en 2014 pour son roman *Claim Me* (tome 2 de sa trilogie *Stark*) et le second en 2017 pour son roman *Wicked Dirty*. Elle a vendu des millions de livres, publiés dans plus de vingt langues.

Au cours de sa précédente carrière, JK a exercé comme avocate en Californie du Sud et au Texas. Elle vit actuellement dans le centre du Texas, avec son mari, ses deux filles et deux chats plutôt lunatiques.

Visitez son site web pour en savoir plus et pour entrer en contact avec JK sur les réseaux sociaux !

www.jkenner.com

Bulletins d'information de JK

Abonnez-vous à la newsletter de l'édition française de JK pour des informations sur les sorties en français, les apparitions en France, et plus encore. Cliquez ici pour vous abonner afin de ne rien manquer!
Newsletter en français:

https://www.juliekenner.com/nouveaux-livres/